UN DOSSARD POUR L'ENFER

Du même auteur, dans cette collection :

Foulée d'enfer
Sept ans plus tard

Du même auteur, en grand format :

Demain il sera trop tard
Les Initiés, trilogie
Quand vient la vague (avec Manon Fargetton)
Traqués sur la lande
La Traversée

HEURE NOIRE

UN DOSSARD POUR L'ENFER

JEAN-CHRISTOPHE TIXIER

RAGEOT

À Stéphane

Cet ouvrage a été imprimé sur un papier
issu de forêts gérées durablement,
de sources contrôlées.

Direction artistique : Françoise Maurel

Couverture : © David Baker/Arcangel Images.

ISBN 978-2-7002-5846-2
ISSN 1766-3016

Extraits du règlement de l'ultra-trail des Cimes

L'ultra-trail des Cimes est un trail en milieu naturel et en semi-autonomie.

Afin de valider son inscription, chaque concurrent devra fournir à l'organisation un certificat médical, ainsi qu'une pièce d'identité.

L'assistance personnelle est tolérée exclusivement sur les dix points officiels de ravitaillement. À l'exception de ces zones, il est interdit de se faire accompagner ou ravitailler par une personne qui n'est pas inscrite à la course. Le principe de la course est celui de l'autosuffisance entre les points de ravitaillement.

Durant la course, les concurrents se doivent assistance mutuelle.

[...]

Le parcours de 135 km environ pour 12 000 m de dénivelé positif devra être bouclé en 36 heures maximum. Le parcours sera intégralement balisé.

[...]

Ravitaillements :

Lieux	**Km**	**Barrières horaires aux points de contrôle**
Val sergent	18	
Crête du Levant	33	7 h 30
Pont des oubliés	47	11 h 15
Col du Loup	61	
Les Iris	75	19 h 30
Lac de Glève	98	
Col des isards	106	29 h 45
Chemin de ronde	117	
Mont Casals	128	
Mulfin (arrivée)	135	36 h 00

1

Base de départ – 3 h 15 du matin – 1er jour

Des silhouettes fantomatiques dans la nuit sans lune émergent de partout, convergeant en silence vers le centre du village. La buée expulsée par les dizaines de bouches forme un fin brouillard teinté d'orange saupoudré par les rares lampadaires.

Stessy est transie de froid. Elle remonte son col, glisse sa main gantée dans celle d'Alex. Elle aimerait tant sentir la chaleur de sa peau, mais c'est mieux ainsi. Elle ne souhaite pas qu'il perçoive la tension qui l'assaille depuis son réveil. Elle ne veut pas perturber sa concentration. À cet instant, il est déjà dans sa course. Loin de ce village. Loin d'elle aussi. Et enchaîne mentalement les foulées qui le rapprocheront de ce Graal intime qu'il poursuit.

Alors qu'ils marchent en silence, elle réalise qu'elle n'a quasiment pas dormi. De rares bribes de sommeil, qui l'ont baladée de songes étranges en rêves agités, entrecoupés de périodes de trouble et d'angoisse.

Douze mille mètres de dénivelé positif. Cent trente-cinq kilomètres qu'il ambitionne de parcourir en vingt-six heures, malgré les conditions extrêmes. Avec une météo qu'on annonce mauvaise. Voilà ce qui attend Alex.

Moins d'un an après son premier semi-marathon[1], il s'est fixé ce nouveau défi. Plus ambitieux, plus redoutable, presque insurmontable à ses yeux. Il en a besoin, c'est un des moteurs de sa vie. Elle le respecte et préfère l'accompagner plutôt que l'attendre, loin, en ruminant son inquiétude.

Une bonne partie de la nuit, Stessy a écouté la pluie tambouriner sur le petit balcon de leur chambre d'hôtel. Là-haut, au sommet des montagnes masquées par la nuit, c'est de la neige qui est tombée. En plein cœur de l'été, le froid va compliquer la tâche des coureurs, et multiplier les risques.

À mesure qu'Alex et Stessy approchent du lieu du dernier briefing, la foule se densifie. Il y a là, bien sûr, tous ceux qui vont prendre le départ, facilement reconnaissables à leurs

1. Lire *Foulée d'enfer*.

vêtements et leur lampe frontale que certains ont déjà allumée, mais aussi tous les accompagnateurs, emmitouflés dans de grosses doudounes et autres parkas épaisses.

De la musique jaillit par la porte de la salle des fêtes, que couvre par moments la voix enjouée d'un speaker. Un bain d'agitation, avant la solitude et la rudesse des grands espaces.

– Tu n'as pas peur ? demande-t-elle sans le regarder.

– On n'est ni à un contrôle de police ni à l'entrée d'un aéroport. Et ces types ne sont pas des flics. Il n'y a rien à craindre. Ça va passer.

Stessy ne commente pas, regrette d'avoir remis ça sur le tapis. Ce n'est pas le moment de le stresser.

Sur la droite, elle repère un trio qui s'affaire autour d'un objet qu'elle n'identifie pas. Soudain, l'objet en question quitte le sol et s'élève en douceur. Un drone. Alors qu'il se confond avec la nuit, un phare s'allume, éclaire celui des trois qui va prendre le départ. Le coureur est coiffé d'un bonnet, sur lequel est clippée une petite caméra. Les bandes orange fluo de son collant et de son maillot accrochent la lumière et semblent allonger ses jambes et ses bras. Le pilote du drone manipule son engin. Un virage à gauche, un autre à droite, suivis d'un vol stationnaire juste au-dessus du coureur.

– Tu viens ? l'interpelle Alex, alors qu'elle s'est arrêtée pour les observer.

En deux enjambées, elle le rejoint. Son visage affiche une expression presque triste tant il est fermé. Elle sait que ce n'est pas le cas. Elle le regarde se frotter la nuque, se demande quelle tension il cherche à effacer. Il est simplement concentré, se rassure-t-elle. Si concentré qu'il n'a même pas remarqué le drone !

Une fois dans la salle des fêtes, ils se faufilent parmi les habitués qui se saluent. Eux ne connaissent personne. Au premier coup d'œil, Stessy note qu'elle est l'unique Noire de cette assemblée que seuls les vêtements colorent. On est loin de l'ambiance cosmopolite qui règne dans l'athlétisme. Son monde à elle, qu'elle a hâte de retrouver une fois cette course terminée. Comme Alex, elle aime courir. Son corps le réclame. Mais sa discipline à elle, c'est la vitesse. Tout donner sur une courte distance. Faire exploser chaque fibre de ses muscles pour atteindre l'objectif au bout de la piste, qu'elle ne quitte pas du regard, comme un félin qui fond sur sa proie.

– Par ici, lui glisse Alex en se dirigeant vers la table de contrôle.

Il tire de la poche de son blouson le justificatif de perte de sa pièce d'identité, qu'il a maquillé quelques jours plus tôt, ainsi que le certificat médical falsifié. Stessy sent la peur envahir sa poitrine et se diffuser dans tout son corps. Elle se force à sourire, détourne la tête pour éviter de croiser le regard des organisateurs.

Alors qu'un des bénévoles contrôle les papiers d'Alex, deux autres vérifient le contenu de son sac. Réserve d'eau, sifflet d'alerte, éclairage, nourriture, couverture de survie, vêtements de rechange, téléphone portable. Tout est pointé, sous peine de ne pouvoir prendre le départ en cas de matériel manquant ou défaillant.

Une fois le contrôle terminé, on remet à Alex son dossard. Le 112, qu'il accroche sur sa poitrine, puis une puce électronique qui ressemble à une carte bancaire.

– Elle doit être fixée bien à plat sur ta chaussure, lui explique le bénévole, sinon elle ne sera pas lue lors des points de contrôle. Et sans détection, pas de classement possible.

Penché sur la basket, l'homme vérifie avec Alex le positionnement de la puce.

– C'est parfait, constate-t-il. Elle ne bougera pas.

Alex signe alors le registre et on lui souhaite une bonne course, puis il rejoint Stessy.

– Tu vois, glisse-t-il en lui adressant un clin d'œil, c'est passé !

Elle se contente de sourire, ravale la peur qui l'a rongée. Une course interdite aux moins de vingt ans, et Alex n'en a pas dix-neuf. Il en faudrait plus pour l'arrêter.

C'est lui qui a eu l'idée de simuler la perte de sa carte d'identité. Un justificatif de perte est plus facile à falsifier que la pièce d'identité.

– On sort ? propose-t-elle.

– Faut que je vérifie une dernière fois le reste de mon matériel.

Ce perfectionnisme la rassure. Alex n'est pas une tête brûlée. Il est du genre à peser tous les risques, et à se préparer en conséquence. Elle le regarde vider ses affaires, les aligner parfaitement, selon une logique que lui seul connaît.

Ce second sac sera confié à l'organisation. Il contient de quoi se soigner et se changer. Il le retrouvera au cinquième ravitaillement.

– Comment tu te sens ? demande-t-elle.

Pour toute réponse, il relève la tête et lui adresse un solide sourire.

Dans sa poche, elle serre sa feuille de route. Y figurent les points qu'elle pourra rallier pour voir passer Alex, l'encourager et le ravitailler.

Au fil des mois qui viennent de s'écouler, elle a suivi son entraînement, en a partagé une bonne partie. Elle sait qu'il est prêt, qu'il peut faire partie du petit groupe de privilégiés qui arrivera au bout avec, il l'espère, une performance. Alors elle ne s'explique pas cette angoisse qui la ronge. La fatigue sans doute. Et le manque de sommeil.

Elle se dit qu'elle aurait aussi dû le suivre dans sa préparation mentale. À l'heure qu'il est, elle ne serait pas dans cet état. Elle se remémore les séances de sophrologie d'Alex, les longs moments qu'il a passés les yeux fermés à visualiser la course, ses difficultés, ainsi que le pire.

– Tout est là, lui disait-il ensuite en pointant son index sur son front qu'elle avait vu plus tôt se plisser au gré de ses pensées et de ses évocations.

Elle avait plusieurs fois tenté de décoder ses mimiques en vain, d'imaginer quelles difficultés mentales il était en train de traverser.

À ses questions, Alex ne répondait jamais. Pour ne pas l'inquiéter. Pour ne pas l'inquiéter au sujet de ce qu'il pourrait être amené à endurer.

Elle profite qu'Alex recompte ses barres énergétiques et ses sachets de nourriture lyophilisée pour aller aux toilettes.

Côté *Femmes*, il y a la queue. Elles sont trois à attendre, dont une avec deux enfants, dont le plus grand, qui ne doit pas avoir plus de sept ou huit ans, bâille en suçant son pouce. Alors elle se rend chez les hommes. Il y a toujours moins de monde. Elle se demande si des chercheurs se sont une fois penchés sur ce phénomène.

Comme elle l'espérait, l'endroit est désert. Elle choisit la première cabine et s'enferme. Sa doudoune épaisse l'encombre. Elle aurait dû la laisser à Alex.

Elle s'apprête à s'asseoir quand elle perçoit des pas.

– Matthieu, tu peux encore renoncer, murmure une voix féminine.

Sa voix n'est qu'une supplique étouffée qui ne trouve pas d'écho.

La seconde d'après, Stessy entend la porte de la cabine voisine se fermer, puis un garçon uriner.

– Matt... je t'aime... insiste la fille à travers la porte.

Pas plus que la première fois, il ne lui répond.

Stessy entend la fille renifler, imagine des larmes couler sur ses joues. Elle ne peut empêcher son imagination de cavaler, se demande ce qui peut la pousser à lui demander d'abandonner son rêve. Elle, elle ne parvient pas à identifier une raison valable qui pourrait la conduire à supplier Alex de renoncer.

Curieuse, elle oublie son envie, guette le départ des deux inconnus, quitte les toilettes pour leur emboîter le pas.

En sortant, elle croise un coureur qui y entre, visiblement pressé. Il fronce les sourcils pour marquer sa désapprobation.

– Je vous les rends, lâche Stessy dans une moue ironique. Je ne les ai pas abîmées. Promis.

Le temps qu'elle regagne la salle, le garçon et la fille se sont fondus dans la masse des athlètes et de leurs accompagnants.

C'est foutu.

Elle ne saura pas qui parlait.

Déçue, elle se faufile entre les groupes, retrouve Alex, plus détendu. C'est comme s'il avait terminé de réviser sa course et se sentait prêt. Elle l'attrape par le bras, dépose un baiser sur sa bouche.

– Eh, doucement. Je risque d'être positif en cas de contrôle antidopage, se moque-t-il.

Stessy plisse les yeux, laisse une moue dubitative pousser ses lèvres vers l'avant et regarde tout autour.

– Tu crois qu'il y a des coureurs qui se dopent ?

– Comme dans tous les sports, répond Alex.

– OK, mais dans l'ultra-trail, on se bat contre soi-même, pas contre les autres, non ? insiste-t-elle. Alors à quoi ça sert ?

Alex hoche brièvement la tête et sourit en levant les yeux au ciel pour mieux souligner sa naïveté.

– Accomplir un exploit suffit à certains, commente-t-il. Quelle que soit la manière d'y parvenir, y compris avec des produits dopants.

Elle l'entraîne à l'extérieur où la nuit ne semble pas décidée à céder une once de terrain au jour.

Là, l'équipe au drone est toujours à l'œuvre. Le gros insecte bourdonne autour du coureur qui s'échauffe, capte chaque image de son ultime préparation.

– Ce concurrent pue la flambe, commente Stessy en désignant celui qui feint d'ignorer la caméra.

– Il s'appelle Matthieu je ne sais plus quoi. Il court pour une marque, commente Alex en se retournant afin de ne pas être vu.

– Tu le connais ? le presse-t-elle en tressaillant car elle a reconnu le prénom entendu dans les toilettes.

– Il courait dans le même club que moi quand j'ai débuté. C'est tout.

– Et tu n'as pas envie de le saluer ? demande Stessy.

– Lui ? Je m'en moque, on n'a jamais échangé le moindre mot. Je veux juste éviter l'œil indiscret du drone. Je ne suis pas censé être là.

Stessy lui sourit.

– Je déteste ce genre de flambeur. Pas toi ?

Alex l'attrape par les épaules et l'attire à lui.

– Ce n'est pas toi qui m'expliquais, il y a trente secondes, qu'on se bat d'abord avec soi-même sur ce genre de course ?

– Oui, tu as raison, convient Stessy alors qu'il la serre fort dans ses bras. On s'en fout, de lui.

Elle est heureuse de cette relation qui grandit chaque jour. Heureuse de ce bonheur partagé. Heureuse de l'intégrité d'Alex, de sa capacité à aller au bout de ses rêves. Pour lui, pour eux. Même si cet ultra-trail lui fait peur, elle ne le lui dira pas. Car elle l'aime. Tout simplement.

Et pour toujours ?

Par-dessus l'épaule d'Alex, Stessy aperçoit une fille qui s'approche du coureur au drone. Il l'entoure de ses bras, lui glisse des mots à l'oreille. La fille se blottit contre lui, cache son visage dans son cou. Il lui frotte doucement le dos, dépose des baisers sur son front. Elle apprécie la tendresse inattendue qu'il lui témoigne. Il n'est peut-être pas ce con prétentieux que son allure et son attitude lui laissent supposer.

Quand le speaker demande aux coureurs de rejoindre la ligne de départ, la fille s'accroche à lui pour tenter de le retenir.

2

Base de départ – 4 h 30 du matin – 1er jour

– Partez !

Le coup de pistolet claque dans la nuit. Alex ressent ce moment comme une sorte de bascule dans un monde nouveau, une dimension parallèle. La promesse de sensations nouvelles. La certitude d'en apprendre plus sur lui-même.

Ceux qui, partis à la découverte du monde, débarquaient sur des terres inconnues, devaient éprouver cette euphorie. Fouler une terre vierge, forcément hostile. Une terre qu'il leur fallait apprivoiser sinon dompter.

Désormais, il y est. Il va devoir avancer, se battre contre les éléments, se battre contre lui-même.

Après quelques foulées, il accélère pour se dégager de la masse des concurrents, du « troupeau ». Il ne cherche pas à être à tout prix devant, mais il veut être seul. Pour limiter les risques de chute. Pour profiter de cette euphorie qui le gagne au début de chacune de ses courses.

Le faisceau de sa lampe frontale éclaire le chemin bitumé devant lui. Tout autour, la nature l'épie, le jauge, prête à se mesurer à lui. Un bras de fer s'engage, dont il n'est pas certain de sortir vainqueur. Le froid a déjà engourdi son nez. Il pense à ses mains au chaud dans ses gants, à ses pieds qui ne souffrent pas encore. Cela fait plusieurs jours qu'il les enduit matin et soir de crème hydratante pour ramollir leur peau et ainsi limiter les risques d'ampoules. Il a limé les ongles de ses orteils pour qu'ils soient moins épais. Il a lu sur un forum que cela pouvait éviter des soucis.

Puis il évacue toutes ces pensées et se concentre sur sa foulée, satisfait d'avoir trouvé le bon rythme. Un rythme qui ne va pas l'obliger à puiser trop vite dans ses réserves.

Ils sont une dizaine à avoir choisi cette stratégie et à avoir accéléré dès le départ pour s'extirper du flot. Maintenant, ils forment une sorte de guirlande un peu lâche, qui balise le chemin et le relief devant lui. Quand certains points lumineux disparaissent, Alex devine un virage, ou bien une descente.

La semaine dernière, il a fait un rapide calcul. Douze mille mètres de dénivelé positif équivalent à 4400 étages. Aussi, il a passé des heures à s'imaginer les grimpant, chaque niveau affichant un chiffre qu'il observait mentalement sans chercher à anticiper le suivant. Car dans une épreuve d'endurance extrême, le danger est là : se projeter trop loin et éprouver une sensation de vertige, qui couperait les jambes.

Le conseil d'Omar, le frère de Stessy, lors des entraînements, est de n'envisager que le pas suivant. Rien que le pas suivant.

Un. Puis un. Puis un. Et encore un. Jusqu'à la ligne d'arrivée, se répète-t-il.

Au premier raidillon, Alex raccourcit sa foulée, prend soin d'inspirer et d'expirer à fond. Ses cuisses encaissent parfaitement. Ses mollets aussi.

Il pense à Omar, avec qui il s'est préparé pour cette course. Leur mère à lui et Stessy est gravement malade depuis des années, et ils se relaient tous les deux à son chevet. Omar est resté auprès d'elle. Entre le soutien de l'entraîneur et celui de la petite amie, Alex a jugé que la seconde option le porterait plus. L'entraîneur a fait son boulot lors de la préparation, avec sa minutie et son exigence légendaires. Stessy sera là pour le réconforter et l'encourager. Il a besoin de la sentir près de lui pour avancer et affronter les pièges de cette course.

Alex imagine Omar derrière lui, sur son vélo, avec sa rigueur inflexible. Il parvient presque à l'entendre distiller ses conseils.

Une fois de plus, ses pensées ont dérivé. Alex les ramène fermement sur ses foulées.

Une. Puis une. Puis une. Et rien d'autre, s'il veut aller au bout de ce trail.

3

Base de départ – 4 h 50 du matin – 1er jour

Quand Stessy se glisse de nouveau entre les draps, elle n'ôte que son bonnet, son écharpe, ses gants, sa doudoune et ses chaussures. Elle et Alex ont fixé leur premier point de rendez-vous au deuxième ravitaillement, installé sur une crête pas très loin d'ici. Une navette l'y déposera vers neuf heures. Ce qui lui laisse trois bonnes heures de sommeil.

Elle règle le réveil de son téléphone portable sur huit heures quinze, puis roule sur le côté et plaque son visage sur l'oreiller d'Alex, à la recherche de son odeur. Dans l'instant, une onde de bien-être la traverse.

Elle pense à lui dans la nuit glacée. Il est un voilier venant de larguer ses amarres, parti à la conquête du nouveau monde. Elle ne s'en fait pas, car elle sait que, dès qu'elle le verra au ravitaillement, elle retrouvera quiétude et confiance.

Dehors il a cessé de pleuvoir. Mais la météo prévoit de nouvelles averses dans la matinée, qui risquent de s'intensifier l'après-midi. Pas de quoi inquiéter Alex. C'est cette force intérieure qui l'a séduite.

Elle se rappelle le stade sur lequel ils se sont rencontrés. Elle franchissant ses haies. Lui enchaînant les tours de piste à la cadence fixée par Omar. Elle se souvient aussi des réticences et des remontrances de son frère, quand il avait repéré qu'Alex et elle s'attiraient.

Omar se retranchait derrière son rôle d'entraîneur pour justifier le fait de les éloigner l'un de l'autre. Mais Stessy avait tout de suite compris que le problème était ailleurs, que son frère ne croyait pas au succès d'un couple mixte.

– Une fille noire sera forcément malheureuse dans une famille de Blancs, lui avait-il dit un jour, sans allusion explicite à la relation qui naissait entre Alex et Stessy.

Même si l'emploi du futur la désignait explicitement, elle n'avait rien rétorqué, mais s'était rapprochée d'Alex dans la plus grande discrétion.

Un éclat de voix dans le couloir de l'hôtel éparpille soudain ses pensées.

– Pourquoi tu lui as dit ça ? Tu es là pour piloter le drone. C'est tout !

La voix pue la colère.

– Elle a le droit de savoir, rétorque une seconde voix masculine.

– Maintenant, elle panique et fait tout pour le persuader de jeter l'éponge. Il y a trop de pognon en jeu sur ce coup. Tu as intérêt à la calmer. Elle doit la boucler, et vite. Je ne veux pas qu'elle revienne à la charge. On ne va pas laisser cette nana tout foutre en l'air.

– Je vais aller lui parler, s'agace le second.

Le cœur de Stessy martèle furieusement sa poitrine et un long frisson parcourt sa colonne vertébrale. En un bond, elle est à la porte de la chambre, pose sa main sur la poignée, suspend son geste. Elle prend une inspiration puis décide de foncer avant de réfléchir davantage. Si la question *pourquoi* éclate dans son cerveau, elle n'aura pas de réponse à y apporter. Ou peut-être si, car une phrase tourne en boucle dans son esprit depuis qu'elle l'a entendue dans les toilettes plus tôt. « Tu peux encore renoncer. »

Elle tire sur la porte, sort dans le couloir en prenant un air détaché. Sur sa gauche, un homme se tient debout face à une porte ouverte. Mais la lumière s'éteint avant qu'elle ait eu le temps d'imprimer sa silhouette sur sa rétine.

Quand elle entend la porte se fermer et des pas s'éloigner, Stessy se précipite sur l'interrupteur qu'elle a enfin repéré. Dès que la lumière jaillit, elle fonce à la suite de la silhouette. L'homme a déjà franchi le coin du couloir et gagné l'escalier. Elle s'arrête un instant. Quand elle l'entend au-dessus, elle s'élance et grimpe les marches trois à trois. Il est là, la main encore levée sur la porte à laquelle il vient de frapper. À sa vue, l'homme hausse un sourcil, semble surpris de sa présence. Il doit avoir une petite trentaine d'années, a une allure sportive. Elle remarque tout d'abord son regard, se demande ce qui le rend si bizarre avant de se rendre compte que ses deux yeux ne sont pas tout à fait à la même hauteur.

Sans s'arrêter, elle lui sourit et le dépasse, s'arrête trois portes plus loin, comme si elle voulait y toquer pour qu'on lui ouvre. Quand elle tourne la tête vers lui, elle le voit disparaître, entend la porte se refermer derrière lui.

Seule dans ce couloir, elle se sent soudain bête à traîner en chaussettes. Les murs sont recouverts d'une moquette rouge défraîchie. Celle au sol est marron, striée de traces d'usure pâles. L'endroit lui paraît plus vieillot qu'à leur arrivée la veille, quand ils n'avaient en tête que la course.

Stessy rebrousse chemin pour regagner sa chambre, sans s'empêcher de marquer une pause devant celle qui a avalé l'homme au regard bancal. Le cœur battant, elle écoute, perçoit des voix indistinctes.

Puis elle entend un bruit étranglé, comme un profond sanglot qu'on a réprimé, mais qu'on tente de ravaler. Son imagination s'emballe. Elle se persuade qu'elle n'a aucune raison de s'affoler : elle voulait simplement savoir, comprendre, satisfaire sa curiosité.

Mais la rage bout en elle, alimentée par le souvenir de ce type qui ne répondait pas aux suppliques de cette fille, ainsi que par les paroles des deux autres qui veulent qu'elle se taise.

4

Base de départ – 8 h 30 – 1er jour

Quand une jeune fille se présente à la réception pour rendre sa clé, Stessy n'a aucun mal à reconnaître celle qui se blottissait contre le coureur-flambeur juste avant le départ. Cette fille a des lignes harmonieuses. Stessy la trouve un peu trop artificielle, si peu en accord avec les paysages qui les entourent, ni même avec l'extrême exigence de cette course.

C'est une fille de la ville, se dit-elle. Elle doit préférer courir les boutiques plutôt que d'arpenter la nature.

Le type qu'elle a vu la veille s'engouffrer dans une chambre la rejoint soudain. Bien bâti, large d'épaules, le visage anguleux et inexpressif. Le cœur de Stessy se met à tambouriner plus fort dans ses tempes et sa poitrine.

Elle reporte son regard sur la fille, inspecte chacun de ses traits à la recherche d'un indice qui confirmerait que le puzzle en train de se former dans son esprit n'est ni un fantasme ni une supercherie. Le maquillage de la fille est si soutenu qu'il efface toute expression.

Pourquoi suppliait-elle son petit ami de ne pas prendre le départ ? Avant de formuler la moindre hypothèse, Stessy se raisonne et se dit que cette histoire ne la concerne pas. Aussi elle quitte le hall de l'hôtel et s'installe en bas des marches. Autour d'elle, les montagnes ont pris une teinte violette qui aurait pu virer au rose puis à l'orangé si le temps n'avait pas été couvert. Mais les nuages qui bouchent le ciel et avalent les sommets sont épais, menaçants. Alex est perdu quelque part dans cette immensité. Oppressée, elle attribue cette gêne aux montagnes qui forment tout autour d'elle une sorte de barrière hostile la prenant en étau. Elle préfère les perspectives dégagées comme celles dessinées par la mer ou l'océan, quand l'horizon lointain se mêle au ciel dans une impression d'infini.

Stessy rêvasse quand la fille sort. Elle la regarde descendre les marches, faire quelques pas. Elle a pleuré. Aucun maquillage ne peut masquer la tristesse, encore moins la rougeur des yeux. De sa poche, elle tire un paquet de cigarettes, en allume une. Malgré l'allure de cette fille, qui la fait appartenir à un univers si différent du sien, Stessy ressent pour elle un élan de sympathie, de bienveillance, à moins qu'il ne s'agisse de compassion. Une compassion alimentée par la manière dont tous ces mecs la traitent. Stessy n'a jamais supporté ça.

Elle jette un œil au hall de l'hôtel. Le type qui l'accompagnait n'est pas là. Elle pourrait saisir l'occasion pour glisser quelques mots à cette fille, tenter de comprendre ce qui l'a poussée à vouloir retenir son ami, ou simplement lui dire qu'elle ne doit pas accepter de se laisser traiter ainsi. Elle pourrait s'élancer vers elle, la rejoindre en trois pas.

Alors qu'elle ouvre la bouche pour l'interpeller, le type au regard bancal la hèle depuis le perron.

– Mélanie ! Faut pas qu'on traîne si tu veux le voir.

Le ton est ferme, sans être agressif.

Il tient à la main la valise qui contient le drone. Une inscription *fragile* côtoie un pictogramme qui représente l'engin volant. De l'autre, il brandit son téléphone.

– Paul va descendre, ajoute-t-il.

La fille se retourne, lâche un soupir chargé de fumée, puis le rejoint d'un pas lourd.

Quand Mélanie parvient à la hauteur de Stessy, leurs regards se croisent, si brièvement que Stessy doute d'y avoir lu ce qu'elle vient de sentir. Un appel à l'aide.

Dans l'instant, elle sent la tension crisper les muscles de son ventre et de ses bras, regrette de ne pas lui avoir glissé une parole, ou simplement un signe amical pour lui signifier que… Que quoi ? se demande Stessy. Elle ne le sait pas. Mais face à la détresse, un petit geste ou un simple sourire peut jouer le même rôle qu'un baume apaisant sur une plaie.

S'il la voyait, Omar se moquerait gentiment d'elle. Son frère la surnomme SOS Médecins.

Stessy se lève, emboîte le pas de la fille tout en gardant ses distances. Elle fourrage dans ses poches, fait mine d'avoir perdu quelque chose pour justifier son retour à l'hôtel.

Quand elle s'approche d'eux, elle ralentit, fait semblant de pester.

– On en a déjà parlé tout à l'heure, dit le type à la valise. Ce n'est plus le moment. On ne peut plus rien maintenant. Mais dès la fin de la course, on se réunira tous les quatre et on en parlera. Je te le promets.

Mélanie affiche une moue boudeuse, repousse la main qu'il lui tend pour l'apaiser.

– Tu m'as promis de rien dire et de le laisser terminer, insiste-t-il. Sinon, Paul va entrer dans une colère noire, et c'est Matthieu qui en pâtira. Tu veux vraiment gâcher sa carrière ?

Le regard posé sur ses pieds, elle secoue mollement la tête de gauche à droite.

Quand il se rend compte que Stessy se tient juste à côté, il tire la fille par le bras pour l'emmener à l'écart.

– Allons à la voiture.

Stessy les regarde s'éloigner vers le 4 × 4, bientôt rejoints par le fameux Paul dont la tenue est, tout comme celle du coureur, siglée du logo de leur sponsor.

Elle ne pourra pas profiter du trajet en navette pour aborder la fille, qui ressemble soudain à une gamine fragile. De colère, Stessy serre un poing.

En partant, le 4 × 4 fait voler une gerbe de gravillons.

5

Crête du Levant – 2e ravitaillement – 9 h 10 – 1er jour

La pluie tombe en silence. Une légère bruine qui, plus haut, doit saupoudrer les pentes et les sommets.

Stessy pense à Alex. Quelque part, il enchaîne les foulées, sans plus se soucier du temps, du paysage, ni même d'elle. Il a fait le vide pour devenir une machine à courir. Elle ne sait pas où il puise cette force mentale, ne comprend pas non plus ce besoin de se lancer des défis toujours plus forts. Toujours plus fous. Elle le respecte.

Elle aussi aime le sport. Sa discipline ? Le cent mètres haies. Enfant, sa mère disait d'elle que ses jambes étaient taillées pour la danse, ou la course. Stessy avait opté pour la seconde option, n'étant pas particulièrement attirée par l'idée de porter un tutu. Puis son frère, Omar, l'avait très tôt emmenée au stade. Elle se souvient de cette ambiance feutrée qui tranchait avec la puissance déployée par les athlètes pour avaler des distances si courtes qu'ils lui semblaient parfois arrivés avant d'être partis. Elle avait cinq ou six ans, et Omar avait beaucoup ri quand elle lui avait livré son impression.

Les courses de haies l'avaient fascinée, tant les filles paraissaient voler au-dessus de la piste. Alors elle avait cassé les pieds à sa mère jusqu'à ce qu'elle l'inscrive au club de la ville. Dès lors, elle n'avait cessé de s'entraîner et de se mettre en quête de podiums. Une sorte de compétition s'était instaurée entre elle et Omar, chacun cherchant à étonner l'autre par ses performances. Jusqu'au jour de l'accident de scooter, qui avait privé son frère de sport, et d'espoir. Son plongeon dans la dépression, dont il était sorti quand il avait rencontré Alex et était devenu son entraîneur[1].

Stessy regarde sa montre. Alex ne devrait pas tarder. Sa feuille de route indique qu'il passera au deuxième ravitaillement vers 9 h 20. Elle appellera ensuite Omar pour lui donner ses impressions sur son état.

Stessy s'approche de la tente qui abrite les bénévoles, reconnaissables à leur gilet orange fluo. Ils se tiennent prêts à distribuer de l'eau

1. Lire *Foulée d'enfer.*

et des boissons chaudes. Au même moment, le 4 × 4 où se trouve Mélanie se gare un peu plus loin, sur le bas-côté. Le cœur de Stessy se met à battre plus fort quand elle en sort.

Par la portière ouverte, Stessy aperçoit le chauffeur en pleine conversation téléphonique, reconnaît l'entraîneur, le fameux Paul. L'autre, le pilote du drone, s'éloigne à la recherche d'un endroit dégagé pour faire décoller son appareil.

C'est le moment, se dit Stessy. Elle ne doit pas hésiter.

En quelques pas, elle rejoint la fille, l'accoste sans attendre.

– Mélanie ?

La fille tourne vers elle un regard surpris.

– Je m'appelle Stessy, poursuit-elle. Mon copain fait aussi la course.

D'un geste discret, elle indique la voiture.

– Je ne sais pas ce qui t'arrive, glisse-t-elle, mais...

Mélanie fronce les sourcils, son visage se durcit. Puis les larmes envahissent ses yeux et ses lèvres se mettent à trembler.

– Matt est... en... danger.

– Matt ? ne peut s'empêcher Stessy.

– Oui, Matt... Matthieu... mon... copain. Je l'aime.

Mélanie la regarde sans ciller, guette sa réaction. Stessy se sent prise au dépourvu.

– Que se passe-t-il ? la presse-t-elle.

Paul les rejoint et se plante devant elles.

– Viens, Mélanie. Matt ne va pas tarder.

À son ton, Stessy comprend que sa curiosité l'irrite. Elle décide de l'ignorer et de poursuivre.

– Personne n'a le droit de t'empêcher de parler.

– Mêle-toi de ce qui te regarde, lui crache l'entraîneur. Et si t'es pas contente, retourne bouffer des bananes dans ton pays.

Ces mots agissent comme un uppercut qu'elle prendrait en pleine face. Elle se sent vaciller. Jamais on ne lui a parlé ainsi. Jamais les réflexions sur sa couleur de peau n'ont atteint un tel mépris. Ses yeux glissent de Mélanie au type. Quand elle le fixe lui, elle cherche une lueur de regret. Quand elle regarde la fille, elle voudrait trouver un sourire pour adoucir sa douleur, ou bien une infime moue de soutien. Mais ni l'un ni l'autre n'affichent ce qu'elle espère. C'est comme s'ils n'avaient rien dit pour l'un, rien entendu pour l'autre.

Un grondement assourdissant emplit son cerveau, qui l'empêche de penser, et plus encore de parler. Elle sait qu'il faudrait répondre, elle en est incapable.

Quand ils s'éloignent, elle ne le voit pas tant elle a du mal à reprendre ses esprits.

Puis le vent et la pluie qui cingle son visage l'aident à reprendre pied. Elle se sent soudain épuisée. Saisie par une lassitude extrême. Elle voudrait être ailleurs, même ne plus exister.

Elle voudrait être capable de réagir, se déçoit de manquer à tel point de force. Elle se croyait plus courageuse.

Si au moins des larmes coulaient sur ses joues ! Mais ses yeux demeurent secs. Même ça elle n'est pas en mesure de le faire. Un sentiment étrange s'empare d'elle. Mi-amer, mi-coupable. Elle fixe le drone qui monte dans le ciel, aimerait comme lui s'élever haut et disparaître.

Doit-elle joindre Omar pour qu'il la réconforte ? Non, bien sûr. Il a tant à faire au chevet de leur mère. Et puis lui en parler reviendrait à l'atteindre lui aussi. Combien de fois a-t-il eu à subir ce genre de propos ? Elle ne veut pas raviver de blessures.

Appeler ses amis est impensable, elle n'a jamais abordé avec eux ce sujet. À leurs yeux, elle n'est pas noire. Elle est juste Stessy. Et eux ne sont ni blancs, ni noirs, ni jaunes. Ils sont simplement ses amis.

Stessy s'approche du chemin qu'Alex va emprunter dans quelques instants. Elle se force à sourire, fait un effort pour débloquer les muscles crispés de son visage. *Ce ne sont que des muscles*, se dit-elle.

Elle fixe un point sur l'horizon comme si, là-bas dans le lointain, existait une explication qu'elle s'efforce de distinguer.

6

Crête du Levant – 2e ravitaillement – 9 h 18 – 1er jour

Sur la crête humide, Alex redouble de prudence. Une fraction de seconde d'inattention suffirait à anéantir tous ces mois de préparation. Des mois à délaisser les terrains plats au profit de parcours accidentés. Des mois à se faire mal, à tout envisager pour casser son rythme de course et se préparer à encaisser les changements de dénivelé. Ce qu'il redoute le plus, c'est le mauvais appui, et la cheville qui se tord. Quand il court en pleine nature, Stessy le compare à un danseur ou un acrobate, tant ses pieds trouvent des appuis là où il ne semble pas y en avoir. Penser à elle le réchauffe.

Le jour s'est levé sans qu'il s'en rende compte. Il a coupé sa lampe frontale et l'a rangée dans son sac à dos. Il en aura besoin plus tard, quand la nuit reprendra ses droits et engloutira le paysage et les pièges de ce qui ne sera plus un chemin.

Malgré le ciel chargé, le soleil a tenté plus tôt de timides percées. D'après le bulletin météo obtenu avant le départ, la pluie qui commence à tomber ne devrait pas cesser. La limite pluie neige est annoncée à 1 800 mètres. Altitude qu'il ne franchira pas durant la course. Et même si la neige devait arriver, cela ne l'inquiète pas. Il est équipé pour y faire face. La météo en montagne change si vite. Deux bâtons de marche pliants l'attendent dans son sac, ainsi que des guêtres et des crampons qu'il glissera sous ses baskets. Quant au froid, il a de quoi l'affronter.

La première fois qu'il a évoqué ce trail un peu fou avec Omar, huit mois plus tôt, son entraîneur a esquissé un demi-sourire et quelque chose a changé dans ses yeux.

– Intéressant, a-t-il fini par lâcher. Montagne ou plaine ?

– Montagne. Tu connais mon goût et ma résistance par grosse chaleur.

Omar n'a fait aucun commentaire.

– On commence quand ? a demandé Alex.

Omar a fait une dizaine de mètres de son pas claudiquant, avant de pivoter pour de nouveau lui faire face.

– Maintenant si tu veux. Le trail n'a aucun rapport avec le semi-marathon ou même le marathon.

– Je sais, c'est pour ça que je veux y aller. Avec toi.

Alex a senti que ses derniers mots le touchaient, mais Omar n'étant pas du genre à s'épancher, il n'a rien attendu en retour.

– Tu vas avoir mal, a simplement commenté Omar.

Oui, Alex savait que dans ce genre de course on ne triche pas avec soi-même et que chaque faiblesse s'affiche au grand jour. Il a décidé de se faire mal. Pour se connaître, pour explorer chaque cellule de son corps et chaque recoin de son cerveau. C'est à cela qu'il aspire.

Quelque part dans le lointain, il perçoit le klaxon d'une voiture. Ce bruit lui paraît incongru.

Au bout du faux plat, il attaque un raidillon qui l'oblige à tirer plus fort sur ses bras. La douleur raidit ses cuisses. Il s'en moque. Bientôt, il entrera dans un état second qui lui permettra d'oublier le mal et la fatigue. Un état dans lequel il vivra des sensations nouvelles, proches de la plénitude. C'est ce que lui ont promis les habitués de ce genre de course, avec lesquels il a échangé sur des forums spécialisés. Certains parlaient d'expérience de sortie de soi, comme une fugue hors du corps, hors du monde sensible. D'autres évoquaient plutôt une expérience de décrochage et de grande proximité avec soi-même, dans un sentiment d'absolu.

Alex ne sait à quoi s'attendre, mais il a la conviction que les sensations seront fortes et grisantes. Cette perspective l'aide à avaler les derniers mètres de côte, à ignorer les douleurs qui le tiraillent. Parviendra-t-il au bout ?

Une fois en haut, il aperçoit la tente qui abrite le deuxième ravitaillement. Cette vision le soustrait à sa course et le replonge dans la réalité. Du regard, il cherche Stessy, la repère sur un talus. Il sait qu'il ne devrait pas se laisser distraire, mais il ne peut s'empêcher de songer à la manière dont son cœur a bondi de joie quand elle a accepté sa première invitation. Défilent alors les images de cette période troublée[1], qu'il repousse avec vigueur. Il ramène ses pensées vers Stessy. Uniquement vers elle. Une onde de bonheur le traverse, qui l'arrache aux douleurs musculaires et aux doutes jusqu'à ce qu'il distingue ses traits. Deux sillons plissent son front, qui font mentir le sourire qui étire sa bouche. Alex les a rarement vus, ces sillons, et c'était toujours dans des circonstances graves.

– Ça va ? hurle-t-il.

– Oui, le rassure-t-elle en agitant la main, avant de lui envoyer des baisers.

1. Lire *Foulée d'enfer*.

Les deux plis ne se sont pas effacés.

– Et toi ? demande-t-elle à son tour.

Alex tend vers elle un poing serré, pouce dressé.

Ces points de passage pourraient être frustrants, mais chacun sait pourquoi il est là. Alors, sans état d'âme, Alex poursuit sa route. Il franchit le tapis, entend le bip qui confirme que le lecteur a lu sa puce et déjà transmis son temps de passage à l'ordinateur du PC course. Sans ralentir, il attrape le verre qu'un bénévole lui tend, ainsi que les pâtes de fruits et la barre chocolatée. Il ne veut pas s'arrêter. Malgré les premières douleurs, il se sent bien. Pourquoi casser son rythme ? Tandis qu'il s'éloigne, il sait que Stessy garde les yeux sur lui. Il aimerait sentir le picotement de son regard sur sa nuque, mais ce n'est pas le cas.

Après quelques foulées, il s'extrait de nouveau du monde qui l'entoure.

Une foulée. Puis une. Puis encore une. Jusqu'au bout.

7

Pont des oubliés – 3e ravitaillement – 11 h 45 – 1er jour

Des bourrasques de pluie mêlée de neige frappent le pare-brise de la navette. Stessy assiste, impuissante, à la dégradation rapide de la météo. Le ciel s'est assombri et se fond au sol. Les silhouettes sombres des arbres ont du mal à émerger du brouillard opaque.

Stessy se tient à côté du chauffeur qui doit avoir son âge. À l'arrière est assis un couple un peu plus âgé. C'est tout. Les autres suiveurs ont leurs propres véhicules, ou ont fait l'impasse sur ce point de ravitaillement.

– Tant qu'on voit le bord de la route... s'amuse le chauffeur.

– Vous êtes d'ici ? demande-t-elle.

– Oui, je viens d'un village de la vallée un peu plus bas, et à part pour mes trois années de lycée, je n'en ai pas bougé. J'ai besoin de ces montagnes pour me sentir bien.

Le véhicule enchaîne inlassablement les lacets, balançant avec régularité à gauche ou à droite d'un ravin qu'elle imagine vertigineux. Il vaut peut-être mieux qu'il y ait du brouillard, se dit-elle.

– Et toi ?

– Je viens de la région parisienne.

– Ah...

Elle sent toute l'indifférence que cette région lui inspire.

– C'est ta première fois ici ?

– Oui, dit-elle sans quitter la route des yeux.

– Et tu aimes ?

Elle voudrait pouvoir lui servir un oui convaincu et enthousiaste, mais la blessure raciste qu'on lui a infligée plus tôt restera indéniablement attachée à ce lieu et cet environnement.

Ce brouillard cotonneux a, lui aussi, l'air de pointer sa couleur de peau. On se sent fort parmi les siens, se dit-elle. Ici, elle éprouve une terrible solitude. Pourtant elle s'est toujours battue contre ceux qui pensent qu'il faut vivre entre soi, que les cercles doivent avoir un ancrage culturel commun, que Noirs et Blancs ne sont pas faits pour se mélanger, et qu'à l'intérieur de chaque groupe il vaut mieux se rapprocher de ses frères avant de le faire avec ses cousins.

Combien de fois lui a-t-on reproché sa relation avec Alex ? « Ça ne durera pas », « On ne peut pas faire confiance aux Blancs. Regarde ce qu'ils font ou ont fait. »

– Le paysage est impressionnant, biaise-t-elle pour éviter d'avoir à livrer ses sentiments.

Un large sourire illumine le visage du chauffeur, comme si c'était à lui qu'elle venait de faire le compliment.

– Dans moins de cinq minutes, nous y serons, annonce-t-il en rétrogradant en première tant la route devient raide.

Stessy se crispe quand la vitesse craque.

– Tu n'as rien à craindre ! Il n'y a qu'une avalanche ou un éboulement qui pourrait nous stopper. Le reste, j'en fais mon affaire.

Cette blague censée la détendre la projette auprès d'Alex. Ce genre de catastrophe pourrait-il arriver ? Elle pourrait poser la question au chauffeur, mais s'abstient de le faire pour ne pas alimenter ses préjugés sur les Parisiens.

Quand le véhicule se gare enfin à proximité du troisième ravitaillement, elle est contente d'en descendre. L'estomac barbouillé par les virages et son malaise, elle n'aurait pas tenu bien longtemps. Une fois dehors, elle aspire de grandes goulées d'air, s'approche du bord pour tenter de deviner le paysage. Le vertige la gagne. Elle s'imagine dégringoler dans le précipice, rebondir sur la pente. Elle recule de deux pas pour échapper au cauchemar qui semble vouloir la happer.

Poussée par le vent, la pluie tombe en oblique et lui fouette le visage. Stessy a soudain envie de pleurer. Elle ne pensait pas qu'attendre Alex à chaque point de passage pourrait être pesant. Sans doute est-ce dû à cet environnement à l'apparence si hostile, tente-t-elle de se raisonner.

Comme son corps se refroidit, elle sautille sur place et entame une série de moulinets avec les bras. Les crissements de sa doudoune sont aussitôt emportés par le vent. Aucun bruit ne semble pouvoir survivre ici. C'est comme si le monde prenait le parti de rester bouche bée face à ce déchaînement de la nature.

– Il faut que je te parle. On peut se retrouver là-haut après le virage suivant dans cinq minutes.

Le temps que Stessy se retourne, Mélanie s'éloigne déjà.

8

Pont des oubliés – 3e ravitaillement – 12 h 05 – 1er jour

Pour rejoindre l'endroit indiqué par Mélanie, Stessy préfère grimper le talus et couper à travers la forêt. Ce sera plus discret. Elle n'a aucune envie de recroiser l'entraîneur. Dès qu'elle pense à lui, un déchaînement d'insultes traverse son esprit.

Une fois au point de rendez-vous, la pluie cesse. Les minutes d'attente se succèdent. Cinq. Puis bientôt dix.

Derrière elle, la route se poursuit dans un lacet taillé dans la montagne. De la boue s'écoule de la pente, traverse la chaussée. À ce rythme, la route ne sera bientôt plus praticable. Mais c'est peut-être sa vision de Parisienne qui l'amène à penser cela. Elle lève son regard vers le ciel. Quelques flocons tourbillonnent dans une danse folle au rythme fixé par le vent.

Pour entendre si quelqu'un approche, Stessy retire la capuche de sa doudoune. Elle imagine les flocons s'accrocher à ses cheveux crépus qu'elle a renoncé depuis plusieurs mois à défriser. Une tâche interminable, qu'elle a fini par considérer comme une sorte de fuite. Lisser sa chevelure ne revenait-il pas à lisser sa vie ? Au regard de ce qu'elle vient de subir, elle se dit qu'il était temps qu'elle affirme un peu plus son identité. Qu'a-t-elle à se reprocher ?

Un raclement de gorge la tire de ses pensées. Mélanie se tient droite, les mains fourrées dans ses poches. Le froid a eu raison de son maquillage. Stessy la trouve soudain moins artificielle.

– Je suis désolée pour la remarque de Paul.

Comme Stessy ne réagit pas, elle poursuit :

– C'est nul ce qu'il a dit au sujet de ta... de ta...

– De ma couleur de peau ? demande Stessy.

L'autre acquiesce timidement de la tête.

– Sur le coup, ça a été violent. Mais si j'avais été grosse, boutonneuse, lesbienne, petite, grande ou je ne sais trop quoi d'autre, il m'aurait attaquée sur un de ces points. Ils ont tous la même technique. Atteindre ce qu'ils pensent être un point faible. Moi je suis fière de ce que je suis. Mais avec la fatigue de la nuit dernière, je n'ai pas eu la présence d'esprit de l'envoyer bouler.

Affirmer tout cela fait du bien à Stessy, même si elle sait que, malgré tout, les paroles du gros con restent dures à encaisser. Oui, c'est vraiment le dernier des cons, pense-t-elle. Le formuler ainsi lui fait du bien, et finit de la remettre en forme. C'est comme si une énergie nouvelle se propageait dans tout son corps, emportant loin le souvenir du raciste.

– Pourquoi tu voulais me voir ?

– J'ai peur. Pour Matthieu.

Elle sort de son manteau un sachet en plastique, dans lequel Stessy devine une poche de transfusion à l'extrémité de laquelle d'infimes traces de sang colorent le tube.

Le dopage ? Il ronge les milieux sportifs, même amateurs.

Elle pense à Alex qui se bat proprement contre le chrono. Bien loin de l'injustice du classement final. Lui comme elle ont appris à faire le tri et à ne se concentrer que sur les causes qui le méritent. On ne peut pas grand-chose face à ceux qui s'accommodent sans mal d'un arrangement minable avec leur conscience.

– Matthieu sait qu'ils le dopent ?

– Oui, dit Mélanie d'un air penaud. C'est un deal qu'ils ont passé tous les trois. Si Matt fait un bon chrono, il décrochera un sponsor international. Paul, son entraîneur, aura sa part. Et ils obtiendront le financement pour une série de docus. Pour la télé. On suivra Matt sur cinq ultra-trails à différents endroits de la planète. Le drone réalise des images pour convaincre le sponsor. Matthieu a toujours rêvé de gloire, dit-elle comme si cela pouvait tout justifier.

Stessy ne réagit pas. Alors elle enchaîne :

– Matt n'est ni un truand ni un salaud.

– Et qu'est-ce que je viens faire là ?

– Tu es la seule à pouvoir m'aider.

Le discours de Mélanie l'énerve. Matthieu a voulu se doper ? C'est son problème ! Elle s'apprête à la quitter, mais l'autre la retient par le bras.

– Il y a eu un mort la semaine dernière avec cette substance, lance-t-elle en exhibant la poche de transfusion. Et Matt a ça dans les veines. J'ai entendu Paul et Denis.

– Denis ? relève Stessy.

– C'est le pilote du drone.

– Tu ne devrais pas les laisser te traiter ainsi, lance-t-elle.

– Le problème n'est pas là. Matt est en danger.

Un long frisson parcourt le dos de Stessy.

– Tu n'as qu'à prévenir les organisateurs.

À ces mots, Mélanie ferme les yeux et laisse échapper un profond soupir.

Quand elle relève ses paupières, son regard mouillé se détourne au loin.

– Si j'alerte l'organisation, il ne pourra plus jamais courir.

– S'il meurt, il ne pourra plus jamais courir non plus, répond Stessy du tac-au-tac.

Mélanie éclate en sanglots, tombe dans les bras de Stessy qui s'en veut d'avoir formulé une réponse aussi brutale.

– Je ne peux pas lui faire ça. C'est ton copain qui court ?

– Euh... oui...

– Tu l'imagines interdit de course ?

C'est au tour de Stessy de vaciller. Non, elle ne peut imaginer qu'Alex soit banni de toute compétition. Elle repense à la dépression de son frère Omar, quand il a dû stopper la course après son accident de scooter. Une véritable descente aux enfers. Les images d'Alex falsifiant son certificat médical et son attestation de perte de carte d'identité tournoient dans son esprit comme deux vautours affamés sur son avenir sportif. Un élan de panique la gagne.

– Com... ment ? lâche Stessy sans avoir vraiment voulu prononcer ces deux syllabes.

Le visage de Mélanie s'éclaire.

– Merci, dit-elle en attrapant ses mains. Il saura trouver les mots.

– Qui ? demande Stessy qui ne parvient pas à reprendre le contrôle de ses pensées.

– Ton ami. Entre compétiteurs, ils sauront échanger.

Stessy aurait envie de rétorquer à Mélanie qu'Alex doit rester concentré sur son objectif, qu'elle ne veut pas prendre le risque de torpiller son rêve. Mais elle semble désespérée, et la supplie. Elle se sent prise au piège de ses propres contradictions. Comment pourrait-elle insister pour que Mélanie prévienne la direction de course alors qu'elle-même a tout fait pour couvrir Alex et lui permettre de vivre son rêve ? A-t-elle le choix ?

– Ton ami doit convaincre Matthieu d'abandonner. Sa vie est en danger.

– Je vais voir ce que je peux faire, finit-elle par lâcher du bout des lèvres.

Mélanie lui raconte combien elle tient à Matthieu, la manière dont ils se sont rencontrés un soir, en boîte, alors qu'ils étaient tous deux lycéens. Stessy finit par la couper.

– C'est quoi son numéro de dossard ? demande-t-elle.

– Le 63, répond Mélanie.

Ses yeux écarquillés brillent d'un nouvel éclat.

Stessy voudrait lui dire qu'elle ne lui a rien promis, qu'elle ne sait pas si Alex acceptera quand une voix retentit, plus bas, qui appelle Mélanie.

– Je dois y aller, glisse-t-elle en filant. Merci.

Et elle disparaît entre les arbres.

– Tu étais passée où ? reproche l'entraîneur à Mélanie.

Stessy retient sa respiration.

– Si on ne peut plus aller au p'tit coin tranquille, l'entend-elle lui répondre.

9

Pont des oubliés – 3e ravitaillement – 12 h 08 – 1er jour

La pente est si raide qu'il est impensable d'espérer courir. Alex force sur ses cuisses. Les premières douleurs s'ancrent dans ses muscles, ses os, ses articulations. Les premières contractures aussi. Il doit ignorer les cris de son corps. Ne pas les laisser miner son moral ni ronger sa détermination. Il sait que dans ce genre d'épreuve, on est à la fois son pire ennemi et son meilleur allié. Il doit museler la petite voix entêtante qui hurle la souffrance, pour encourager celle qui le pousse à puiser dans les ressources cachées qu'il recèle au plus profond de lui. L'endurance lui a appris que les limites sont faites pour être dépassées.

Un peu plus tôt, il s'est arrêté pour s'équiper. Il a enfilé son pantalon imperméable par-dessus son collant de course, ainsi que sa veste aux coutures soudées. Rester au sec doit demeurer une priorité. Avec cette température, s'il est gagné par le froid il ne pourra plus se réchauffer et ses chances de gagner l'arrivée deviendront quasi nulles.

Avant de repartir, il a sorti et déplié ses bâtons de marche. Le chemin est boueux, la montée abrupte. Leur aide est précieuse.

Ses pas seuls troublent la quiétude de l'endroit. Derrière, la trace qu'il laisse se perd dans le brouillard qui a englouti le paysage. La dernière fois qu'il s'est retourné, il n'a vu personne. Il a l'impression d'être seul au monde, cette sensation le grise. Un flux d'énergie le parcourt. Il croit être parvenu à ce moment de bascule que décrivent tous les amateurs d'ultra-trail quand ils plongent dans cet état second prodigieux.

Mais l'effet est de courte durée. Ses douleurs l'extirpent du cocon dans lequel il croyait pouvoir se glisser. Une l'inquiète plus que les autres, qui prend naissance au niveau de ses reins, traverse sa fesse gauche pour filer dans sa cuisse. Sans s'arrêter, il saisit sa paire de bâtons de sa main gauche, vérifie que les bretelles de son sac sont réglées à la même longueur. Rien à signaler. Il a passé tellement de temps à les ajuster pour ne rien laisser au hasard. Il glisse sa main libre dans son dos, rectifie l'emplacement de la poche à eau pour qu'elle soit bien centrée dans l'axe de sa colonne vertébrale. Il espère que cela suffira à estomper la douleur. Au prochain ravitaillement, il prendra un cachet de paracétamol. Il a aussi des granules d'homéopathie. Il doit mettre toutes les chances de son côté.

Le chemin serpente maintenant entre une paroi rocheuse et un ravin. Il imagine le paysage par beau temps, la vue spectaculaire sur les sommets enneigés. Un mot lui vient : *grandiose*, qu'il laisse se perdre au loin pour se reconcentrer sur ses pas.

Un. Puis un. Puis un autre.

À intervalles réguliers, il voit les bandes qui balisent le parcours. Dans la nuit, sous le faisceau de sa lampe frontale, elles deviendront réfléchissantes. Une sorte de fil d'Ariane qui le gardera à l'écart des pièges de la montagne et le mènera au bout.

Enfin au sommet, Alex atteint une sorte de replat et devine, à un peu moins de huit cents mètres, un ravitaillement. Cette fois-ci, il va s'arrêter, prendre le temps d'échanger quelques mots avec Stessy. Déjà il entend sa voix qui agira sur lui comme un baume, il en est sûr. À cette pensée, il ne peut retenir un sourire, crispé par le froid.

Profitant du terrain favorable, il se remet à courir.

Quand il franchit le point de contrôle à l'entrée du ravitaillement, la borne qui a capté la puce fixée à sa basket émet un bip. Un des commissaires de course dresse alors son pouce pour lui signifier que son temps de passage est enregistré.

Quelques mètres plus loin, les bénévoles l'accueillent avec une boisson brûlante, qu'il dépose sur une table pour enlever ses gants et attraper un comprimé de paracétamol. Il jette un regard circulaire : Stessy n'est pas là.

Pour ne pas se refroidir, il sautille sur place, effectue des moulinets alternativement avec le bras gauche, puis avec le droit. Après quelques secondes, le thé a atteint une température qui le rend buvable. La chaleur envahit sa bouche puis sa gorge, dévale son œsophage jusqu'à son estomac. Être ainsi à l'écoute de son corps l'aide à conserver sa concentration.

Sur le bord de la route, il aperçoit la navette de l'organisation censée conduire les suiveurs. Stessy ne fait pas partie des quelques personnes qui se pressent autour. L'a-t-elle ratée ? Il vérifie son portable. Elle n'a pas laissé de message. Il se rappelle les deux sillons qui striaient son front.

Alex étouffe l'élan d'inquiétude qui tente de s'insinuer dans son esprit. Que pourrait-il lui arriver ?

Il avale une banane, un cake aux fruits et une barre de céréales au chocolat.

Déçu, il signe le registre de contrôle pour attester son passage et doubler le contrôle effectué par la puce électronique. Il se remet en route, concentre son attention sur ses pas, vide son esprit. Et pour s'aider, il répète encore et encore les mêmes mots…

Un. Puis un. Puis un. Et encore un.

10

Pont des oubliés – 3e ravitaillement – 12 h 25 – 1er jour

Stessy ne sait pas si elle doit en vouloir à Mélanie, ou se maudire elle-même d'avoir loupé Alex.

Dès que Mélanie s'est éloignée, elle est descendue à son tour au ravitaillement. Sous la tente il y avait trois coureurs. Joues et nez enflammés par le froid. Quand elle a vu l'un d'eux signer le registre avant de repartir, elle s'est approchée de la table.

– Le 112 est déjà passé ? a-t-elle demandé en croisant les doigts pour que ce ne soit pas le cas.

Elle a regardé le contrôleur tourner les pages, senti son estomac se nouer violemment quand elle a reconnu la signature d'Alex. La seule sur cette page.

– Il y a longtemps ? a-t-elle questionné.

– Euh... une petite dizaine de minutes, lui a-t-il répondu sans quitter ses feuilles des yeux.

– Il était en forme ?

La question l'a surpris.

– S'il est reparti, c'est qu'il se sent capable de rejoindre le prochain ravitaillement. C'est ce que prévoit le règlement.

Stessy a compris qu'elle devrait se contenter de cette explication, que le type ne lui en dirait pas plus.

Maintenant, elle redescend dans la vallée. À l'arrière de la navette, deux couples commentent les performances des coureurs qu'ils suivent. Elle en est malade d'avoir manqué Alex. Elle consulte sa montre. Le prochain ravitaillement est dans quatre heures. Quatre longues heures à ruminer.

Omar aurait été là, ça ne se serait pas passé comme ça. Un entraîneur ne peut se laisser détourner de son athlète. Stessy se sent coupable de l'avoir loupé. Elle attrape son téléphone, vérifie qu'il y a du réseau. Elle voudrait envoyer un texto d'encouragement à Alex, y renonce pour ne pas le déconcentrer. Elle presse alors la touche de raccourci pour appeler son frère. Après trois sonneries, il décroche.

– Comment va maman ? demande-t-elle.

– Comme d'habitude, lâche-t-il dans un soupir. Et mon poulain ?

– Bien. Il tient ses objectifs.

Cette réponse lui permet de ne pas mentir.

– Oui, j'ai vu ses temps de passage sur le site de l'organisation. Avec ces puces électroniques, on dispose des résultats quasiment en direct. Comment est la météo ?

Qu'il change de sujet la soulage.

– Mauvaise. Il neige.

– Oui, j'ai vu sur Internet. Et la visibilité ?

– Pas terrible. Les nuages sont très bas et le brouillard par endroits épais.

– Il va prendre du retard par rapport à ses prévisions, commente Omar, mais ce n'est pas grave. Il va geler. Faut espérer que le vent ne s'y mette pas.

Stessy sent l'inquiétude monter d'un cran.

– Il est solide et parfaitement entraîné, ajoute Omar qui a dû le percevoir. Et s'il y a le moindre risque, les organisateurs interrompront la course.

Elle jette un coup d'œil rapide au chauffeur qui discute avec les autres passagers, se dit que l'endroit n'est pas approprié pour lui parler de Mélanie et son compagnon dopé.

– Bon, je vais devoir te laisser. Le médecin vient d'arriver pour maman. Tu secoues Alex de ma part au prochain ravitaillement, OK ?

Avant qu'elle ait eu le temps de répondre, son frère a raccroché. Elle aurait voulu lui demander d'embrasser leur mère pour elle.

Stessy se sent soudain très seule.

11

Col du Loup – 4ᵉ ravitaillement – 16 h 35 – 1ᵉʳ jour

Quand enfin Stessy l'aperçoit, elle se détend. Elle ne se serait pas pardonné de le louper une seconde fois. Elle a bien cru qu'elle n'arriverait pas à temps. La route étroite, le brouillard qui alternait avec de fortes averses, une voiture en travers qui avait heurté un parapet. Un accident heureusement sans gravité, qui leur a permis de reprendre la route une fois que le chauffeur, aidé des deux passagers de la navette, ait prêté main-forte au conducteur pour pousser sa voiture sur le bas-côté de manière à libérer une voie de circulation.

Stessy a vu le moment où les insultes allaient jaillir de sa bouche. Comme si blâmer le conducteur accidenté pouvait débloquer la situation. Les nerfs, s'est-elle dit, mis à vif par la fatigue.

Maintenant, elle n'a d'yeux que pour Alex qui franchit les derniers mètres. Elle le trouve beau dans l'effort. Elle détaille son allure, guette son équilibre général. Il se tient parfaitement droit, balance ses bras avec une régularité de métronome. Au premier coup d'œil, tout a l'air d'aller pour lui.

Stessy a toujours été fascinée par la capacité de compensation du corps humain. La multitude de muscles et de tendons lui permet de s'adapter pour soulager la zone blessée ou courbaturée. Qu'il s'agisse d'un pied, du dos ou d'une épaule. Mais pour un regard observateur, il n'est pas difficile de repérer les signes de cette compensation.

Au-delà de la compétition, Stessy rêve d'une carrière de kiné dans le milieu sportif.

– Désolée pour le dernier ravitaillement, s'excuse-t-elle. Je me suis fait coincer. Tout va bien ?

– Oui. Une douleur au dos. Mais qui s'est estompée.

Alex parle dans un souffle, en marchant sur place. Les boursouflures dues au froid masquent les marques de fatigue sur son visage.

– Viens à l'abri, je vais te masser.

Un sourire éclaire aussitôt son visage.

Stessy veut attraper son sac à dos pour le soulager, mais il l'arrête d'un geste.

Alex la sent tendue.

– Tout va bien ?

– Je ne m'attendais pas à avoir aussi froid. Et je m'inquiète pour toi.

Il sent une certaine lassitude dans sa voix. Quels mots peut-il trouver pour l'apaiser ? Son cerveau lui semble vide de tout ce qui n'est pas la course. Est-ce de l'égoïsme ? D'aucuns diraient qu'il est concentré sur sa course. À cet instant c'est ce qu'il veut croire.

– Omar m'a demandé de te secouer, avoue-t-elle alors.

Il voudrait la remercier d'avoir changé de sujet, mais leur relation est aussi faite de ces petites choses qui ne nécessitent pas de mots, et pourtant si fortes.

Quand il prend place dans un fauteuil, elle l'aide à se déchausser. Elle a relevé ses manches, enduit ses mains de crème. La sensation de ses doigts sur sa peau est merveilleuse. Elle remonte le long des chevilles puis des mollets, presse fermement certaines zones de ses pouces.

– Je ne vais plus pouvoir repartir, plaisante-t-il entre deux bouchées de cake.

Il ferme alors les yeux, se laisse emporter par la douceur de ses gestes. Cet instant ne va pas durer, mais il veut le vivre pleinement, sans se projeter dans la seconde suivante.

– J'ai besoin que tu me rendes un service.

Alex relève ses paupières, tant il doute que ces mots aient pu sortir de la bouche de Stessy.

Elle le regarde remuer sur sa chaise pour se redresser, voit le sang envahir ses joues. D'un mouvement de menton, il l'interroge. Elle se penche en avant pour se rapprocher. Elle ne veut pas qu'on les entende.

– Le 63 s'est dopé, avec une nouvelle substance paraît-il dangereuse Il te faut le convaincre d'arrêter.

– Pourquoi moi ?

– Mélanie, sa copine, a peur. Un type est mort la semaine dernière de cette drogue. Et puis tu le connais.

Les yeux plissés, Alex la scrute. Il n'esquisse aucun geste vers elle.

– Ne me demande pas ça, finit-il par répondre.

– Sa vie est peut-être en jeu.

– Il y a des secouristes, des commissaires de course, des contrôleurs.

Elle le regarde avec insistance, comme si ses yeux étaient dotés d'un pouvoir qui permet de neutraliser ses résistances.

– Tu sais très bien qu'ils le radieront de la fédération et qu'il ne pourra plus jamais faire de compétition, réagit Stessy.

Le visage d'Alex se durcit.

– Il n'avait qu'à réfléchir avant !

D'un geste, elle lui intime de baisser le ton, vérifie que personne ne l'a entendu. Autour d'eux, chacun vaque à ses occupations, l'esprit occupé par la course. Un coureur passe à côté d'eux. Stessy attend qu'il se soit éloigné pour continuer.

– Je ne te reconnais pas, Alex. Stoppe-le. Mais on ne peut pas le dénoncer. Mélanie dit que la course est toute sa vie. Tu voudrais le priver de ça en le balançant ? Regarde ce qui est arrivé à Omar quand il a dû renoncer à courir.

Elle le sent gêné. Ses yeux plongent vers le sol, s'y attardent.

– Tente simplement de le convaincre d'arrêter. S'il refuse, il sera temps d'aviser et de contacter les commissaires de course.

Il hoche la tête, ne trouve plus rien à dire. Les mains pleines de crème, Stessy se lève. En quelques pas, elle rejoint la table de contrôle.

– Le dossard 63 est passé ? demande-t-elle au bénévole.

L'homme tourne les pages.

– Oui. Il est reparti il y a cinq minutes.

Le cœur de Stessy se met à battre plus fort alors qu'elle rejoint Alex. Il a déjà enfilé ses chaussettes et termine de nouer ses lacets.

– Il est cinq minutes devant toi, annonce-t-elle.

Mâchoires serrées, Alex se lève. Il la prend dans ses bras et la serre un instant avant de déposer un baiser sur son front.

– Si je veux avoir une chance de le rattraper, il faut que je fonce. Ce n'est pas le chocolat ou le cake aux fruits qui vont me permettre de voler à ses trousses.

Stessy le regarde s'éloigner, comme si elle voulait fixer définitivement cette image dans sa mémoire.

Elle espère qu'elle ne s'est pas trompée.

12

Quelque part entre le 4e et le 5e ravitaillement – 17 h 50 – 1er jour

Alex a décidé de prendre cet incident du bon côté. Bien sûr, la demande de Stessy l'a irrité. Comme tout ce qui peut le détourner de sa course. Mais, par chance, le dossard 63 est devant. Alors il l'imagine comme un lièvre chargé de le stimuler, de le tirer en avant et de lui donner un rythme.

Pour ne pas s'épuiser ni prendre le risque d'entrer dans la zone rouge, Alex n'a augmenté que très légèrement sa cadence. Sur ce genre de course, ce serait l'abandon assuré. S'il ne rattrape pas le dossard 63 sur cette portion du parcours, il le croisera forcément au prochain ravitaillement.

Autour de lui, la lumière décline. La faute aux nuages de plus en plus épais qui s'apprêtent à lâcher des trombes de pluie. Un vent glacial cingle son visage. Mais le coupe-vent étanche joue son rôle. Jusque-là, il est parvenu à tenir le froid à distance. La douleur dans son dos s'est estompée, remplacée par une autre, plus vive, dans sa cuisse gauche. Il essaye mentalement de l'isoler, l'enveloppe dans une bulle multicolore qu'il charge de l'emmener ailleurs. Mais après trois tentatives, il doit se rendre à l'évidence. Ce qui fonctionne à l'entraînement n'a qu'une efficacité réduite en course. Alors il fixe son attention sur ses foulées.

Une. Puis une, puis une. Et encore une.

À chacune, il grignote un peu ce démon qu'il affronte et veut vaincre. Cette course est un véritable monstre. Par son dénivelé. Douze mille mètres positifs. Une succession impitoyable d'ascensions et de descentes. Des côtes qui, mises bout à bout, forment une montagne de douze kilomètres d'altitude. Soit une fois et demie l'Annapurna[1]. Le vertige assuré. Une course aussi dure mentalement que physiquement, qui le propulse hors de sa zone de confort. Il connaît cet état. Cette fatigue et ces douleurs qu'il a déjà côtoyées lors de marathons. Cette frontière, il vient de la franchir. Il va devoir aller chercher quelque

1. L'Annapurna culmine à très exactement 8 091 mètres.

chose au plus profond de lui. Puiser dans ses ultimes ressources. Se sublimer, pour vaincre le monstre.

Du creux de la vallée, certainement porté par le vent, lui arrive le son lointain d'un clocher. Sa montre affiche 18 h 00. Il est à mi-parcours. S'il veut atteindre l'arrivée, il doit évacuer cette idée et fixer ses pensées sur sa prochaine foulée. Rien que sur elle.

Une. Puis une. Et encore une.

Tout entier concentré sur sa course, il ne voit pas le caillou qui affleure. Son pied dérape. Déséquilibré, il lâche son bâton, se rattrape à la paroi rocheuse. Loin dans son dos, un coureur l'interpelle :

– Ça va ?

Alex s'arrête un instant, s'assoit sur un rocher. Il saisit sa cheville, la fait tourner sur elle-même pour vérifier qu'il n'y a aucun dommage, procède de même avec l'autre. À travers le tissu, il sent le froid minéral sous ses fesses et se remet sur pied.

– Oui, pas de bobo ! indique-t-il alors que l'autre n'est plus qu'à une trentaine de mètres.

Quand l'inconnu est tout proche, son regard accroche son dossard. Le numéro 63 claque à ses yeux comme un flash violent dans la nuit.

Il était censé être devant, réalise Alex.

Lui n'a pas quitté le chemin balisé. Il en est certain. L'autre s'en est forcément écarté.

Alex tente de lire une explication dans son regard, cherche à deviner s'il l'a reconnu : il n'en est rien. Il remarque alors la caméra fixée à son bonnet.

– Elle filme ? lui demande Alex.

– T'inquiète pas, dit l'autre dans un sourire satisfait. On coupera au montage tout ce qu'on ne veut pas voir.

– Alex, se présente-t-il.

– Moi c'est Matthieu. On court un bout ensemble ?

La proposition surprend Alex, qui s'attendait plutôt à voir une marque d'individualisme sur son visage. Ce sera peut-être plus facile qu'il n'imaginait, se dit-il en repensant à la mission que lui a assignée Stessy. Matthieu redémarre, ouvre la voie alors que commencent à tomber les premiers flocons. Le rythme qu'il imprime est soutenu. Si Alex n'y prend pas garde, il risque de se faire décrocher.

Très vite, ils parviennent au pied d'une impitoyable montée. Ici, il ne s'agit plus de courir, mais de trouver l'énergie pour simplement avancer. Il va être impossible de parler tant la pente est raide. Une fois là-haut, Alex devra saisir sa chance.

13

Quelque part entre le 4e et le 5e ravitaillement – 18 h 20 – 1er jour

Alors que la luminosité faiblit de plus en plus, Matthieu, devant lui, n'est plus qu'une silhouette. Un bref instant, Alex lève les yeux vers le ciel. La neige a cessé de tomber.

La montée n'en finit pas. Ils traversent maintenant un éboulis dans lequel serpente un étroit chemin encombré par endroits de pierres qui roulent sous leurs chaussures de course. Alex imagine les crevasses dans son talon, peut-être le sang. À chaque appui, une vive brûlure enflamme son pied. Ses poumons sont en feu et il s'essouffle. Il va bientôt frôler le point de rupture. Il n'a peut-être pas l'entraînement de Matthieu. Il n'a pas non plus ingurgité de substances chimiques qui dopent l'endurance et la résistance.

– Tu es plus rapide. File !

Matthieu ne se retourne pas, lève simplement son bâton de marche pour le saluer. C'est ce moment-là qu'Alex choisit pour l'interpeller.

– Mais fais gaffe à toi. Avec ce que tu as pris, tu cours au-delà de ce que ton corps peut encaisser.

Matthieu se retourne aussitôt, s'arrange pour que sa frontale aveugle Alex.

– Qu'est-ce que tu racontes ? Qui t'a dit ça ?

Son ton est agressif. Alex met sa main en visière pour protéger ses yeux, attend qu'il ait baissé sa lampe pour lui répondre.

– Ta compagne.

– Tu la connais ?

Il a réussi à capter son attention. Mais Matthieu se reprend, le toise. Son regard, changé, contient une lueur de défi.

– Moi, non, poursuit Alex. Mais elle et Stessy ont parlé.

– Qui est Stessy ?

– Ma compagne.

– Qu'est-ce qu'elle vient faire là-dedans ?

En signe d'apaisement, Alex lève ses deux mains. Accrochés à ses poignets, ses bâtons de marche se balancent en rythme.

– C'est ta copine...

– Mélanie, aboie-t-il presque.

– C'est Mélanie qui est venue la trouver. Elle était inquiète. Un sportif est mort la semaine dernière à cause de cette saloperie que tu t'es injectée.

– Tu racontes n'importe quoi.

– Je m'en fous que tu te charges. C'est ton problème. Mais là, tu es en danger.

Alex observe sa réaction. Matthieu ne laisse rien paraître.

– Quand j'ai débuté au club de Sarcelles, tente-t-il, tu faisais partie du groupe de coureurs que j'admirais, en rêvant de devenir moi aussi un athlète.

Un face-à-face silencieux s'installe, durant lequel Alex le fixe d'un regard assuré.

Il se dit que c'était une erreur de lui parler. Qu'il a laissé trop de jus dans cette montée pour maintenir le contact et le paiera plus tard, quand il aura épuisé ses réserves. Il espère que ça ne l'empêchera pas de terminer. Au moins, il a rempli sa part du contrat et a tenu sa promesse à Stessy. Si Matthieu ne veut rien entendre, c'est son problème. Désormais, il ne veut plus rien avoir à faire avec cette histoire.

Sans un mot, le dossard 63 fait un pas en arrière et pivote avant de repartir à l'assaut des derniers mètres d'ascension. Alex le regarde filer, puis se remet en route. Il doit retrouver son rythme, se reconcentrer et évacuer cet épisode au plus vite.

Rapidement, l'écart entre eux se creuse, et Matthieu n'est bientôt plus qu'une silhouette floue qu'Alex décide d'ignorer.

14

Les Iris – 5ᵉ ravitaillement – 20 h 00 – 1ᵉʳ jour

Stessy s'est installée à une table près de l'entrée, face à la vitrine. De là, elle a une vue sur la petite place du village, ainsi que sur la rue principale. Si le 4 × 4 blanc passe par ici, elle le verra forcément. Elle voudrait rassurer Mélanie, lui dire qu'Alex a accepté de parler à son ami.

Dans la pizzeria où elle a pris place, il règne une atmosphère bon enfant. Il y a là des touristes, quelques habitués en pleine conversation avec le patron, et des accompagnateurs qui, comme elle, attendent les navettes chargées vers 23 h 00 de les conduire au point du cinquième ravitaillement. Il y a bien longtemps que la montagne a dévoré les derniers rayons de lumière et qu'elle tente de s'accommoder aux ombres épaisses qui ont pris possession de ses pentes.

La journée a été longue. Stessy pressent que la nuit le sera plus encore.

– Vous avez fait votre choix ?

Le serveur, un jeune homme au visage ravagé de boutons d'acné, attend sa réponse, les yeux rivés sur son carnet.

Stessy aurait bien pris une Océane mais, à cette altitude, c'est l'assurance de manger des produits congelés. Et elle ne veut pas courir le risque d'être malade.

– Une Régina, opte-t-elle, avec une salade verte.

– Et comme boisson ?

– Euh… un Coca.

Le garçon repart sans un mot, et elle trouve ça pas plus mal car elle n'a pas envie de parler.

Sans qu'elle sache pourquoi, ses pensées se fixent sur Omar. Il a beau être son frère, la distance qui existe entre eux est grande. Omar n'a jamais été bavard, surtout quand il s'agit de parler de lui. Quand ils se voient, il y a toujours Alex ou bien des amis. Et quand ils se retrouvent seuls tous les deux, elle n'ose pas lui poser de questions trop personnelles, persuadée que si ça le gêne, il trouvera un prétexte pour partir. Sans répondre. Depuis son accident de scooter et sa blessure qui l'a condamné à abandonner tous ses rêves de compétition, il s'est refermé sur lui-même. A-t-il rencontré quelqu'un ? Elle ne le sait même pas. Avec les années, ils sont presque devenus des étrangers. Continueraient-ils à se voir autant si leur mère n'était pas là ? La perspective qu'elle disparaisse la fait soudain frémir. Le fossé qui existe entre elle et son frère ne va-t-il pas s'élargir, au point un jour de devenir infranchissable ?

Quand le garçon pose sa pizza sur la table, elle se dit qu'elle va devoir se forcer pour tout avaler.

Stessy l'arrose d'huile piquante, doit relancer le serveur pour qu'il lui apporte sa salade. À sa mine, elle comprend qu'il avait oublié de la commander à la cuisine.

Dehors, la pluie serrée, au rythme soutenu et régulier, hachure tristement les halos de lumière des lampadaires qui sont déjà allumés tant il fait sombre. Là-haut, il doit neiger.

Le temps n'en finit plus de s'étirer, transformant l'aventure en calvaire.

15

Quelque part entre le 4e et le 5e ravitaillement – 20 h 15 – 1er jour

Pour la première fois depuis le départ, Alex se demande si tout cela est bien raisonnable. La neige s'accumule. Chaque flocon qui se colle à son visage brûle sa peau comme un mégot de cigarette. Les organisateurs ne vont-ils pas interrompre la course ? Alex redoute cette éventualité. S'il doit s'arrêter, c'est qu'il aura été au bout de lui-même. Rien d'autre ne doit le stopper. Il n'en est pas encore à se demander s'il va abandonner, même s'il sent que ce sera la prochaine étape s'il ne reprend pas le dessus.

Par moments, il a du mal à distinguer le chemin, doit fouiller les ténèbres de sa lampe frontale pour dénicher les balises réfléchissantes qui jalonnent le parcours. Ses gestes sont plus lents, sa respiration plus pénible. Il prend le temps de planter ses bâtons, puis d'assurer ses appuis pour ne pas glisser. Le froid le gagne, bien qu'il ait enfilé toutes les couches de vêtements dont il disposait dans son sac. Au prochain ravitaillement, il prendra deux heures de repos et, surtout, se changera complètement pour repartir au sec.

Le cinquième ravitaillement. Aux Iris. Sur les vidéos des éditions précédentes du trail, il y a vu des images où brûlait un grand feu, dont le panache de flammèches montait haut dans la nuit. La météo permettra-t-elle aux organisateurs d'allumer et de maintenir le foyer ? Il l'imagine déjà comme un phare déchirant l'obscurité, guidant les coureurs jusqu'à la zone de repos salvatrice. Il compte aussi sur la chaleur dégagée par les flammes pour faire fondre toute la souffrance. Mais rien, à l'horizon, ne perce la nuit précoce. Avant que la déception le gagne, Alex réalise que le relief est si accidenté qu'il peut masquer les lumières les plus intenses.

Un pas. Puis un autre. Et encore un autre.

Devant lui, le cône de sa lampe frontale fait briller la neige. Les flocons qui tombent en masse sont autant de lucioles qui paraissent danser dans le vent en une parade savante et élégante. De vagues traces de pas indiquent le chemin, qui disparaîtront bientôt. Le terrain est plutôt plat, mais cela ne durera pas. La haute montagne a horreur du plat, comme si elle était consciente que son charme provient de sa vertigineuse silhouette.

Un pas. Et un autre. Le gauche. Le droit. Avancer. Toujours avancer. En profiter pour reprendre son souffle.

Quand Alex relève le nez, deux points lumineux l'intriguent. Immobiles, ils sont plus éloignés que les flocons blancs qui traversent le faisceau de sa lampe. Après quelques mètres, il se rend compte qu'il n'y en a pas deux, mais trois. Aurait-il déjà atteint le point de ravitaillement ? Non, il est trop tôt. Ce ne sera pas avant deux heures. Peut-être même trois, étant donné les conditions climatiques désastreuses. Ce sont des coureurs à l'arrêt. L'un d'eux se trouve-t-il en difficulté ?

Le règlement est très clair sur ce point : *les participants se doivent assistance mutuelle*.

Alors qu'il approche, Alex reconnaît la combinaison de Matthieu et son dossard 63. Les deux bandes orange fluo qui accrochent la lumière de sa lampe ne lui laissent aucun doute. Il lâche un soupir, redoute cette nouvelle confrontation. Mais l'éviter reviendrait à enfreindre son devoir d'assistance. Il espère que ce n'est qu'un coup de fatigue et qu'il n'est rien arrivé de grave. Avec un peu de chance, les deux autres participants ont prévenu les secours, à condition qu'ils aient pu capter du réseau. Cela, il n'y croit pas vraiment.

Faudra-t-il que l'un d'eux reste avec le blessé, pendant qu'un autre foncera vers le point de ravitaillement alerter les secours ? Sa course va-t-elle s'arrêter là ?

Il n'a pas fait tous ces efforts pour que l'aventure se termine ainsi.

Quand il n'est plus qu'à quelques mètres, il distingue les trois silhouettes. Matthieu est entouré de deux types, qui ne sont pas des coureurs. En témoignent leurs épaisses doudounes. Au pied d'un des deux inconnus, il aperçoit une valise ouverte, d'où émergent les hélices du drone. Alors qu'il s'arrête à leur hauteur, un des types le prend à partie, sans même lui adresser un regard.

– C'est lui que tu préfères croire ? demande-t-il à Matthieu d'un ton véhément en pointant un doigt accusateur sur Alex qui ne comprend pas ce qui se trame.

Et de poursuivre :

– À qui fais-tu confiance ? Qui t'a amené jusqu'ici ? Qui a décroché le pognon pour réaliser ce film ?

Alex n'entend pas la réponse de Matthieu.

– Plus fort ! hurle-t-il. Je veux t'entendre ! Qui va faire de toi un champion que toutes les marques s'arracheront ? Qui va faire de toi un des rares traileurs qui gagnera sa vie en courant ? Et grassement en plus ? Hein ? À qui tu dois tout ça ?

Le second type se tient en retrait de Matthieu, dont les épaules se sont voûtées. Lui qui fanfaronnait tant paraît fragile.

– À vous, l'entend-il répondre avec plus de vigueur.

Alex fait un pas en arrière, s'apprête à ouvrir la bouche pour remettre dans la conversation le sujet du dopage et du risque. Mais celui qui a agressé verbalement Matthieu se tourne vers lui.

– Et toi, ne viens pas foutre le bordel dans notre équipe ! On t'a rien demandé. Encore moins de venir raconter n'importe quoi à notre champion.

Alex prend peur, sent la menace qui couve. Dans sa situation, il ne doit pas la ramener. Si l'incident s'ébruite, on posera des questions et, très vite, les commissaires de course découvriront qu'il a menti sur son âge. Et les conséquences seront lourdes pour lui aussi. Il risque une radiation de la Fédération française de course à pied. Il doit rester prudent et calmer le jeu avant que cela prenne des proportions non maîtrisables.

– Désolé, lâche-t-il d'un ton neutre.

– Désolé ? reprend le type en faisant un pas dans sa direction. Tu fous le bordel et tu es dé-so-lé ?

Alex sent qu'il ne va pas lâcher l'affaire. Il voudrait voir son regard pour évaluer sa détermination, mais la capuche rabattue sur sa tête le maintient dans une ombre épaisse.

Il jette un coup d'œil à gauche, découvre une pente. Raide. À droite, il y a un replat. Au fond, une balise brille dans la nuit, puis une seconde, plus basse, qui indique que le chemin s'enfonce dans la pente.

Alex n'a d'autre choix que de contourner le trio, prendre le large et les laisser régler leurs problèmes entre eux. En temps normal, il pourrait compter sur sa bonne condition physique pour gagner de vitesse les deux suiveurs. Mais à cet instant, il ressent une fatigue extrême dont les deux autres ne souffrent pas. La dernière montée l'a éreinté. Aussi les cartes sont rebattues. Au cas où le type en doudoune s'approcherait trop de lui, Alex se tient prêt à bondir. Il est conscient que la confrontation ne doit pas durer longtemps. Ses muscles sont en train de se refroidir. Par chance Matthieu lui offre une diversion.

– Mélanie a peut-être raison, lâche-t-il.

Alors que le type se retourne pour faire face au coureur, Alex bondit sur le côté droit et s'élance. Le temps que l'homme réalise ce qui se passe, il a parcouru sept ou huit mètres. Sa respiration siffle dans sa gorge, couvre les cris du trio, l'empêche de savoir qui les pousse et à qui ils s'adressent. Son cœur tape furieusement dans sa poitrine. Si fort qu'il étouffe tous les autres sons.

Devant lui, les deux balises brillent dans la nuit. Il veille à bien lever les pieds pour ne pas trébucher, évite de se retourner pour ne pas perdre l'équilibre. Son souffle se raccourcit.

Quand il pique dans la pente sur la gauche, il jette un coup d'œil : ils ne le poursuivent pas. Alors il raidit ses cuisses pour ralentir, appuie plus fort sur ses bâtons. Le chemin est étroit et les risques de glissade sont grands. Après quelques foulées de plus en plus courtes, il se remet à marcher, inspire profondément puis expire à fond pour que son cœur reprenne un rythme normal. Il enchaîne une série de lacets serrés, qui le font plonger rapidement en contrebas. Soudain, un cri déchire les ténèbres. Alex s'arrête net, tourne la tête, a juste le temps d'apercevoir deux bandes orange fluo tournoyer dans le ciel avant qu'elles disparaissent dans un bruit sourd.

16

Quelque part entre le 4e et le 5e ravitaillement – 20 h 35 – 1er jour

Matthieu vient de chuter.

Le souffle coupé, Alex se demande un instant s'il l'a vraiment vu, clarifie ses pensées, se dit que c'était le cas. Une image l'obsède. Les deux bandes orange fluo tournoient comme les pales d'un hélicoptère avant de disparaître. Il entend l'écho du choc sourd, quand le corps a touché le sol.

Son cerveau fonctionne au ralenti. La fatigue. Le froid. Dans toutes les idées qui surgissent et se mêlent dans son esprit, une prend le dessus. Il doit faire demi-tour et remonter pour secourir Matthieu. Pour aller plus vite, il coupe tout droit. Une décharge d'adrénaline inonde alors ses muscles, efface toute fatigue, toute douleur.

La pente est si raide que chaque pas représente l'équivalent de plusieurs marches. Mais il n'entend plus ses muscles crier.

Matthieu a chuté d'une quinzaine de mètres. Peut-être vingt. Avec un peu de chance, un tapis de neige aura amorti sa chute. Mais Alex a du mal à refouler ses craintes. Il tire sur ses bras, pousse sur ses jambes. Par moments, il est obligé de grimper à quatre pattes, laissant traîner ses bâtons dans la neige. Mentalement, il tente de dresser la liste des objets qui peuvent lui servir. La couverture de survie pour le garder au chaud. Un bout de corde pour faire un garrot. Un bâton de marche pour servir d'attelle.

Ses idées bouillonnent, il veut aller trop vite et son pied dérape. Il se retrouve à plat ventre, glisse vers le bas sur une dizaine de mètres. Par chance, son talon bute sur un rocher, stoppe sa chute. Il n'ose imaginer jusqu'où il aurait pu dégringoler. Qu'y a-t-il plus bas ? Replat ou ravin ? Ce n'est pas le moment de penser à cela. Matthieu a besoin d'aide. Ils sont loin de tout. Les secours, une fois avertis, mettront plus d'une heure pour arriver. Il lui revient donc, ainsi qu'aux deux types qui l'accompagnaient, de lui prodiguer les premiers soins et de limiter l'aggravation de son état.

Alex voudrait crier. Appeler Matthieu pour le rassurer. Espérer une réponse de sa part pour se rassurer. Il met ses mains en porte-voix.

Mais il est hors d'haleine. À chaque inspiration ou expiration, sa gorge le brûle, aucun son ne sort. Alors il repart à l'assaut de la montagne. Chaque seconde compte. Une vie est peut-être en jeu.

Avec cet accident, son rêve d'atteindre l'arrivée vient de se dissoudre, mais rien d'autre n'importe que de rejoindre au plus vite Matthieu.

Alex est dans un état second. Peut-être celui qu'il cherchait à atteindre en s'engageant dans cette course. Il réalise soudain qu'il a perdu ses repères, ne sait plus à quel niveau de la pente Matthieu est tombé. Il n'a d'autre choix que de poursuivre.

Quand il rejoint enfin Matthieu, celui-ci gît sur le sol, immobile dans le halo de sa frontale. La neige autour de lui est immaculée. Alex touche son épaule. Il ne réagit pas. Il retire son gant, pose ses doigts sur l'artère de la jugulaire. Le pouls est muet. L'horreur déchire son cœur, maltraite son ventre. Une nausée envahit sa gorge, lui fait tourner la tête. Un bourdonnement sourd surgi de nulle part vrille ses tympans. Puis des voix lui parviennent.

– Il ne doit plus être très loin.

– Personne ne saura ce qui s'est passé.

Alex ne sait pas ce qu'il doit faire. Son premier réflexe est d'éteindre sa lampe. Si ces types le trouvent, ils seront prêts à tout pour dissimuler leur responsabilité dans cette chute.

Que lui feront-ils, à lui ? Il n'a d'autre choix que de fuir. Partir. Vite. Car pour Matthieu, il est trop tard. Ces quatre derniers mots sont quatre uppercuts qu'il prend en pleine face. Mais il doit se rendre à l'évidence. Pour lui, il est effectivement trop tard.

Dans un dernier réflexe, Alex pense à la Go Pro sur le bonnet du concurrent 63. Elle contient toutes les preuves. À l'aveugle dans la nuit, il la cherche, retient un cri quand ses mains effleurent le visage de Matthieu. Il n'a jamais vu de mort. Encore moins touché. D'une main tremblante, il arrache la caméra, la glisse dans la poche de sa veste, prend soin d'en remonter la fermeture Éclair pour ne pas la perdre. Au moment où il se redresse, la lampe d'un des types l'atteint.

– Là ! crie l'un.

– Toi, tu bouges pas ! lui intime l'autre.

Cet ordre fouette Alex qui se jette dans la pente.

Très vite, il rallume sa lampe pour voir où il met les pieds. Il doit tout faire pour conserver son avance. Quand il réalise qu'il a oublié un de ses gants, il est trop tard. Il ne peut plus remonter. Alors il dévale la pente, suspendu à un équilibre précaire qui menace à tout moment de se rompre.

À chaque pas, il s'enfonce un peu plus dans la neige. Le froid attaque ses chevilles puis ses mollets. De sa lampe, il cherche le chemin, espère qu'une balise captera la lumière pour lui indiquer le passage. Mais il ne distingue rien.

Dès qu'il parvient à maîtriser sa vitesse, il s'arrête. Courir est trop dangereux. Et il risque de s'égarer. Il éteint sa lampe un instant pour regarder vers le haut. Ils ne sont pas dans son sillage. Par-dessus les martèlements de son cœur dans ses tempes et ses oreilles, lui parviennent des cris.

– Tu ne nous échapperas pas !

– Rends-nous la Go Pro, sinon on porte plainte !

Alex a envie de leur hurler d'aller se faire foutre. Qu'il n'a pas peur. Qu'ils sont des meurtriers. Qu'il en détient la preuve avec les images. Mais il garde tout ça pour lui. Hurler reviendrait à leur dire où il se trouve. Dès qu'il pivote, il rallume sa lampe, s'apprête à repartir quand un grondement sourd et rauque résonne au-dessus de lui. Le temps qu'il se retourne, il aperçoit un rocher rouler vers lui. Il a juste le temps de se jeter sur le côté pour l'éviter, s'écrase dans la neige, glisse vers le bas.

Sa main gantée ne trouve rien à accrocher. L'autre, aussi dure et insensible que la pierre, ne lui sert plus à rien. Des paquets de neige volent autour de lui, l'aveuglent et l'empêchent de respirer. Il entoure sa tête de ses bras, redoute qu'elle heurte un rocher. Puis le sol se dérobe. Il plonge dans le vide. Suffoque. Des images folles le submergent.

Quand il touche brutalement le sol, il ne sait plus où il est. Ni même s'il est vivant. La douleur qui fusille sa jambe gauche le foudroie.

17

Les Iris – 5e ravitaillement – 00 h 20 – 2e jour

Le lieu du ravitaillement n'est pas constitué d'une tente sommaire dressée au bord du parcours, comme pour les précédents. Les organisateurs ont aménagé une salle des fêtes en plein cœur de ce village de montagne. L'éclairage est puissant, blanc, presque aussi froid qu'un jour d'hiver. Seule la zone dédiée au repos est plongée dans une semi-obscurité.

Dans un coin, des buffets ont été dressés, sur lesquels chauffent des marmites de soupe, à côté de cafetières et de réserves d'eau fumante pour le thé. Plus loin, il y a des plats de gâteaux, de fruits secs, de la charcuterie et du fromage. Cet amoncellement de nourriture écœure Stessy qui a du mal à digérer la pizza mangée plus tôt. La seule chose qu'elle pourrait avaler, c'est cette pomme qui l'attend au fond de la poche de sa doudoune.

Les premiers coureurs sont déjà là. Ils racontent les conditions dantesques de cette course. La rumeur d'un possible arrêt du trail commence à se répandre. Les conditions météo seraient trop dégradées pour permettre d'assurer la sécurité de chacun.

Dès qu'ils se sont un peu réchauffés, les participants récupèrent leur sac avec leurs affaires de rechange et se dirigent vers les vestiaires où les attend une douche brûlante. Les traits sont creusés, les lèvres tailladées par les morsures du froid. Un des coureurs est assis par terre, le dos appuyé contre le mur. La tête penchée en avant, il reste dans cette position un long moment sans bouger. Quelles raisons ont pu pousser cet homme à se fixer un tel défi, pour la réalisation duquel il a été si profondément puiser dans ses réserves ?

Un bénévole s'approche de lui, lui glisse quelques mots que Stessy n'entend pas, et l'aide à se relever pour le conduire vers un lit de camp où il pourra dormir quelques heures pour récupérer. Le coureur se redresse sans lever les yeux. Elle le suit du regard jusqu'à ce qu'il s'écarte de la lumière.

Dans quel état arrivera Alex ? Elle redoute de le voir fatigué, atteint dans ses chairs par la rudesse des éléments et du trail. Pour repousser l'angoisse, elle repère son sac, les vestiaires, les douches, avise un coin où ils pourront s'installer pour qu'elle le masse. Il ne doit pas se poser de questions ni perdre du temps à chercher ses affaires. Elle jette un œil à la pendule : 00 h 45.

Sur sa feuille de route, Alex avait prévu d'atteindre ce point entre 00 h 30 et 1 h 15. Mais avec la neige, Stessy ne l'attend pas avant 1 h 00 du matin. Elle s'est fixé cette limite pour ne pas s'impatienter ni s'inquiéter trop tôt. Elle trouve difficile d'attendre sans voir. Sans savoir. Elle n'a jamais aimé l'incertitude. Depuis toujours, elle préfère un *oui*, ou même un *non*, à un *je ne sais pas*.

Nerveuse, Stessy gagne l'extérieur, cherche un moyen de tromper le temps. Elle n'a jamais su ne rien faire. Mais là, que peut-elle entreprendre pour occuper son esprit et l'empêcher de divaguer ? De sa poche, elle tire la pomme et la croque à pleines dents.

À l'école, on disait qu'elle débordait d'énergie. Après une heure passée assise sur sa chaise, elle avait besoin de bouger, de courir, de se défouler. Dès lors elle n'écoutait plus, remuait, et immanquablement se faisait reprendre par les enseignants. Elle n'y pouvait rien. Elle était ainsi, et avait l'impression qu'on ne la comprenait pas.

Une seule fois, un professeur au collège avait saisi sa nature. Du coup, il trouvait toujours un prétexte pour qu'elle sorte courir dans les couloirs, et aller chercher telle ou telle chose qu'il avait fortuitement oubliée dans son casier dans la salle des professeurs. Un prof d'anglais. Cette année-là, elle avait beaucoup progressé dans cette matière.

Sa montre indique 00 h 55.

À chaque fois qu'une silhouette s'extrait de la nuit, elle espère qu'il s'agit d'Alex. Sur la gauche, un grand feu a été allumé, que deux bénévoles alimentent avec des morceaux de palettes. Le bois crépite joyeusement sous les assauts des flammes.

– Approchez pour vous réchauffer, l'invite un des deux.

Stessy ne se fait pas prier et efface les quelques mètres qui l'en séparent. Très vite, elle sent la chaleur vive sur ses joues. Les flocons qui s'approchent du foyer disparaissent en vol. La neige tout autour a fondu, laissant apparaître des plaques d'herbe, qui se teinte de couleurs orangées.

– Vous voulez un verre de vin chaud ?

– C'est fort ? demande Stessy.

Les deux hommes éclatent de rire.

– Une fillette pourrait en boire.

Stessy rit avec eux et, d'un signe de tête, donne son accord. Cela lui fera du bien. D'autant qu'ils ont l'air sympas.

– Avec ça, on est certain de ne pas attraper froid, raconte l'homme qui lui tend un verre. Et ça n'a pas empêché ma grand-mère de finir centenaire. Elle en buvait un petit verre chaque jour d'hiver. Et aujourd'hui, c'est un peu l'hiver !

Stessy porte la boisson à ses lèvres. Le goût de cannelle envahit sa bouche et elle trouve ça bon. Elle avale de petites gorgées, apprécie la sensation de chaleur immédiate tandis qu'ils égrènent leurs souvenirs.

Quand elle regarde de nouveau sa montre, il est 01 h 10.

18

Les Iris – 5e ravitaillement – 01 h 25 – 2e jour

Stessy remonte le chemin d'où émergent par moments des coureurs, comme si le fait d'avancer vers Alex pouvait l'aider à arriver. Dès qu'elle constate que la silhouette qui approche n'est pas la sienne, ses yeux plongent sur le dossard de l'arrivant. Elle tente de se remémorer les numéros vus sur la feuille de contrôle lors du dernier passage, face auxquels il n'y avait pas de signature. Le moyen de savoir si des coureurs en retard sur Alex sont passés devant lui. Plusieurs fois elle hésite, a du mal à faire confiance à sa mémoire. Elle croise les doigts, se mord l'intérieur de la joue. Le goût métallique du sang tapisse sa bouche.

Elle s'apprête à regagner la salle des fêtes quand elle voit le 114. Cette fois, elle n'a aucun doute ! Il n'y avait aucune signature face à ce numéro de dossard sur la feuille de contrôle. Seule celle d'Alex, devant le 112, y figurait.

– Non, lâche-t-elle à haute voix comme pour repousser ses craintes.

Le coureur la fixe un instant, puis reporte son regard sur les mètres qui le séparent du point de ravitaillement. Stessy se met à courir à côté de lui, l'interpelle.

– Vous n'avez pas vu le 112 ? le presse-t-elle.

L'homme la dévisage, cette fois-ci méfiant, puis secoue négativement la tête.

– Il était devant vous, insiste-t-elle.

– Je n'ai vu personne, lui confirme-t-il. J'ai couru seul tout le temps.

Stessy s'arrête, haletante, le laisse poursuivre. Elle demeure un instant immobile, le regarde traverser le halo orangé du feu qui inonde le ciel de ses flammèches, puis entrer dans la salle de ravitaillement.

Elle ne sait pas quoi faire. S'affoler trop tôt et prévenir les organisateurs reviendrait à mettre Alex hors course, compte tenu de son mensonge sur son âge. Mais réagir trop tard pourrait lui faire courir un risque supplémentaire, s'il se trouve en danger. Une inquiétude incontrôlable balaye toutes ses forces. S'agit-il d'une prémonition, ou bien d'un accès de panique ? Incapable de trancher, elle se retourne, à la recherche d'autres silhouettes libérées par la nuit et la montagne.

Un éclat de rire la fait tressaillir. Ils sont quatre à arriver groupés, qui se tapent dans les mains pour célébrer cette victoire sur eux-mêmes.

– Vous n'avez pas vu le 112 ? les interpelle-t-elle.

Quand un s'arrête à son niveau, elle reprend espoir.

– Le 112 ?

– Oui, confirme-t-elle. C'est mon ami.

– Je… non, dit-il.

– Il devrait être là depuis une bonne demi-heure.

– On n'a vu personne, dit-il alors. De toute façon, entre la neige et le brouillard…

Cette justification creuse le lit de son inquiétude. Alex s'est-il perdu ? A-t-il chuté ? Elle ne peut se résoudre à cette éventualité. Pourquoi lui, alors que tous les autres ont réussi à passer ? Cette question réveille aussitôt une autre. Et le 63 ?

Sous le regard surpris des quatre coureurs, Stessy s'élance en direction de la table de contrôle.

– Un autre verre ? l'invite celui qui entretient le feu.

Elle lève une main pour décliner l'offre, s'engouffre dans la salle. La luminosité blanche l'agresse et elle met quelques secondes à se repérer. En trois pas, elle gagne la table de contrôle, interroge brutalement le bénévole chargé du pointage.

– Le 63 est passé ?

Comme le type soupire, elle prolonge sa question par un *s'il vous plaît* au ton implorant. Il tourne les pages, tombe aussitôt sur la bonne. La case en face du numéro 63 est vierge de toute signature. Stessy est saisie. Une multitude de scénarios tortueux et même sordides s'échafaudent. La discussion entre Alex et Matthieu a-t-elle mal tourné ? S'est-elle simplement prolongée ?

Elle connaît Alex. Elle sait combien il peut s'impliquer pour atteindre l'objectif qu'il s'est fixé. Elle se remémore la fois où, pris dans une discussion avec un jeune qu'il entraînait, il avait manqué un de leurs premiers rendez-vous. Il n'acceptait pas que cet adolescent veuille arrêter l'athlétisme au seul motif que son père n'était jamais venu le voir courir, ni n'avait eu le moindre mot pour souligner ses bons résultats. S'il y a un sujet qui fait réagir Alex, c'est celui du combat avec soi-même, que beaucoup abandonnent trop vite à ses yeux. Morte d'inquiétude, Stessy l'avait attendu deux heures. Son téléphone sonnait dans le vide.

Mais ce souvenir ne suffit pas à la rassurer. Ébranlée, elle retourne au-dehors, laisse l'air glacé engourdir son angoisse et fixe le chemin.

Elle appelle de nouveau Alex sur son portable, bascule aussitôt sur sa boîte vocale. Entendre sa voix sur le message enregistré lui fait du bien. Elle se dit que dès qu'elle l'apercevra, un immense sentiment de soulagement l'envahira. L'étau qui comprime sa cage thoracique volera d'un seul coup en éclats, le poids sur ses épaules s'allégera et disparaîtra, comme évaporé. Aussi vite qu'il est apparu. Et dans l'instant, elle mesurera sa méprise et son emballement.

Le répit est de courte durée. Son inquiétude est la plus forte, et la perspective que le mensonge d'Alex sur son âge soit découvert ne pèse plus.

Alors elle pénètre à nouveau dans la salle, se dirige vers le commissaire de course à la table de contrôle.

– Je peux vous parler ?

19

Quelque part dans la montagne – La nuit

Sans chercher à bouger, Alex dresse un rapide constat. Il n'y a que la nuit autour de lui. Le vent glacé mord ses mains, son visage. Quand il se rend compte qu'il ne sent plus ses jambes, son cœur menace d'exploser dans sa poitrine. Il amorce un mouvement timide de son pied droit qui répond. Le second, non. Il tente de plier son genou. En vain. La cuisse, elle, obéit, mais une douleur fuse sur toute la longueur de sa jambe, va buter dans ses orteils avant de remonter comme une flèche acérée jusque dans son dos.

Sa jambe est cassée. La peur d'une fracture ouverte jaillit aussitôt, le propulse dans un état de confusion. De ses mains, il palpe son mollet, son genou, ramène ses doigts à sa bouche. La fébrilité baisse d'un cran quand il constate que le goût du sang n'a pas envahi ses lèvres.

Depuis combien de temps est-il là ? Il n'en a pas la moindre idée. Ni même du lieu où il se trouve. Il se souvient de l'instant où le sol s'est dérobé sous ses pieds. De la suite, aucune image ne s'est fixée dans sa mémoire. Il y a juste eu ce sifflement strident qui a vrillé un long moment son cerveau, avant de finir par le réveiller. Maintenant, il a laissé place à un bourdonnement qui l'empêche de se concentrer. Il tend ses bras, explore le sol autour de lui, redoute de rencontrer le vide, ne touche que des paquets de neige.

Ses forces l'ont quitté, comme si elles avaient profité de sa chute pour s'exiler ailleurs. S'il reste ainsi sans bouger, il mourra de froid. Aussi il roule sur le côté. Son coude s'enfonce profondément. Sa joue entre en contact avec le tapis gelé, la neige crisse sous lui. La douleur dans sa jambe lui paraît provenir d'une lame qui s'enfoncerait profondément dans ses chairs.

Par réflexe, il se recroqueville sur le flanc, forme presque une boule. Il entreprend d'étendre ses jambes. Lentement, en respirant à fond. Mais la douleur est telle qu'il doit mordre la neige.

Enfin, quand il y parvient, il bascule encore pour se trouver sur le ventre, en appui sur ses avant-bras. Il lui semble avoir remporté une grande victoire avant de percevoir, la seconde suivante, tout le dérisoire du mouvement accompli. Dans un nouvel effort, il se met à quatre pattes. Trois, plutôt, puisque sa jambe gauche ne peut plus servir d'appui. Avant de se décourager, il doit au plus vite reparamétrer le logiciel qu'il a dans la tête. Il n'est plus question de faire des foulées, mais de réussir les gestes qui le tireront de là.

Un. Puis un. Et encore un.

S'il parvient à s'en tenir à ça, il ne paniquera pas. Mais il sent que l'affolement le guette. Son souffle est court, la nausée imminente. Une image le saisit, qui le fait suffoquer. Matthieu, sans vie, étendu dans la neige. Comme un écho sinistre à sa propre situation.

Ses bras et ses jambes sont pris de tremblements, son estomac se révulse violemment. Ce qu'il crache n'est qu'un mélange de salive et de bile. Puis il tousse plusieurs fois, crache encore, s'essuie la bouche avec une poignée de neige.

Mort. Matthieu est mort. Il a beau se dire qu'il le connaissait à peine, il ne peut se résoudre à admettre un tel gâchis. Il a envie de hurler. Pousser un cri sauvage pour se libérer. Mais il tient bon. Il doit tenir bon. Il n'a pas le choix.

Il se souvient maintenant des deux types qui étaient avec Matthieu, de leurs cris. L'ont-ils poussé ? Matthieu ? Ou bien lui ? Ses idées s'embrouillent.

Il doute qu'ils aient existé. Puis il les revoit face à lui, interpellant le dossard 63. Il a le numéro dans sa tête, ainsi que les bandes orange fluo qui tournoyaient dans le ciel au-dessus de lui. Le bruit sourd de sa chute résonne encore à ses oreilles. La chute de Matthieu ? La sienne ?

– Ils me cherchent, murmure-t-il alors que chaque pièce du puzzle reprend sa place.

Alex tâte la poche de sa veste, sent la Go Pro, réalise qu'il ne porte pas de gant, se souvient de l'avoir enlevé pour tenter de trouver le pouls de Matthieu et laissé à côté du corps. La proximité de la mort lui tire un long frisson. Elle rôde plus haut dans la pente, et doit le chercher. Elle prend son temps. Elle sait qu'il est à sa merci.

Sans gant, sa main sera bientôt aussi gelée que celle d'un mort. Cette idée lui tire une grimace de dégoût qui se meut en rage.

Il ne se laissera pas faire. Pas sans combattre, jusqu'à l'épuisement de ses dernières forces s'il le faut.

La nuit autour de lui est d'un noir épais. Les nuages ont étouffé la lune et les étoiles. Il est seul.

Sa frontale a été arrachée. Il cherche à tâtons autour de lui, s'emmêle dans ses bâtons dont les sangles sont fixées à ses poignets. Il ne la trouve pas, se souvient qu'il a une lampe de rechange dans son sac à dos. Il va l'allumer une seconde, peut-être deux mais pas plus. Le temps de se situer, de voir où se trouve le vide. De retrouver ses marques. Puis il l'éteindra pour éviter que les deux autres le repèrent.

Pour libérer ses mains et ouvrir son sac, il n'a d'autre choix que de s'allonger de nouveau. Le contact de la neige est glacé. De ses doigts engourdis, il parvient péniblement à tirer sur la fermeture Éclair quand un bruit perce soudain la nuit. Il lève les yeux. Un cône de lumière qui va et vient dans le ciel. Il met quelques secondes à réaliser qu'il s'agit du drone qui procède à un balayage systématique de la zone. Tel un énorme insecte, menaçant, il se rapproche, inexorablement. Alex se plaque au sol, s'aplatit dans la neige, cesse de bouger. Si les deux types le repèrent, ils doivent le croire mort. C'est sa seule chance. Sinon, ils descendront l'achever afin de ne laisser aucun témoin derrière eux.

Les yeux fermés, il se fie à son oreille pour repérer l'engin, perçoit son frémissement. Un léger souffle. À travers sa paupière, il perçoit le faisceau braqué sur lui. Il cesse de respirer. Le drone est là, qui l'observe de son œil électronique. À l'autre bout, sur leur écran de contrôle, les deux types scrutent la vidéo, à la recherche du plus infime indice sur son état.

Une partie du visage d'Alex émerge de la neige. Il imagine sa joue et son nez rougis par le froid. Il a beau être immobile, il ne ressemble pas à un mort, les autres ne vont pas tarder à s'en rendre compte. Peut-être un des deux avance-t-il déjà vers lui. Ces secondes à attendre que l'engin s'éloigne enfin durent une éternité. S'il reste au-dessus de lui, c'est qu'ils hésitent. Et s'ils hésitent, ils voudront vérifier. Et s'ils le rejoignent, Alex ne pourra pas lutter. Matthieu est mort, se répète-t-il. Matthieu est mort. Et bientôt, ce sera moi.

Son cœur menace d'imploser dans sa poitrine. Il bat avec tant de violence qu'ils vont voir ses tempes palpiter. Alex peine à contenir le hurlement qui grossit et tente de forcer le passage de sa gorge.

La lumière s'intensifie. Le bruit des pales aussi. Ils veulent le détailler de tout près. Confirmer l'intuition qu'il n'est pas mort. Dès qu'ils en auront la certitude, Alex sera en sursis. Il tente de contenir la panique qui le gagne, réalise soudain que sans cet œil, les deux types seront aveugles… Cette perspective l'aide à reprendre le contrôle de ses émotions. Il a un but. Et un ennemi identifié.

Approche, espèce de saloperie. Approche, pense-t-il.

Il sait qu'il n'aura droit qu'à une seule tentative. Pour cela, il doit attendre le bon moment. Mais pas trop, sinon le drone grimpera dans le ciel et c'en sera terminé de ses chances. Le temps de rassembler ses forces, il compte jusqu'à trois. *Un.* Alex serre sa main sur son bâton. *Deux*. Il bande les muscles de ses jambes, affronte la douleur qu'il vient de raviver. Le supplice est si violent que quand il pense *trois*, il se cabre comme sous l'effet d'une violente décharge électrique. Il bascule sur le dos, hurle sa rage tandis que son bras bat sauvagement l'air au-dessus de lui. Le phare l'aveugle. Enfin il touche l'engin qui dérive sur la gauche. Il tape encore. Le rate. L'atteint de nouveau. Cette fois, l'engin s'écrase dans la neige, à moins de deux mètres.

Il agrippe un rocher, rampe vers lui. Là il arrache l'hélice qui tourne encore, enfonce l'appareil dans la neige pour enterrer son phare, puis roule sur lui pour le masquer définitivement.

Il sent des larmes tracer des sillons brûlants sur ses joues. Il l'a eu. Il l'a eu.

20

Les Iris – 5e ravitaillement – 01 h 50 – 2e jour

L'homme de l'organisation s'appelle Gilles. Son visage fin est tanné par le soleil et le grand air. Il n'a pas besoin de prouver qu'il est du coin, ses traits parlent pour lui.

Quand Stessy lui a révélé qu'Alex avait triché sur son âge, il a levé un sourcil et l'a un long moment fixée. Puis il s'est éloigné pour téléphoner, est revenu deux fois vers elle pour demander le nom d'Alex, son numéro de dossard, puis celui de Matthieu. La troisième fois, il lui tend le portable.

– Il veut vous parler.

Elle voudrait demander *qui*, mais à quoi bon, se dit-elle. Quand elle plaque l'appareil à son oreille, elle ressent la chaleur de celui qui l'utilisait quelques secondes plus tôt.

– Allô, prononce-t-elle timidement.
– Les faits sont graves, annonce une voix d'homme, qui ne se présente pas.
– Oui, je suis très inquiète. Il faut déclencher les secours. Je suis certaine qu'il est arrivé quelque chose à Alex.
– J'ai besoin que vous me racontiez tout dans les moindres détails. Ensuite, je verrai ce qu'il convient de faire.
Stessy imagine un homme d'une cinquantaine d'années. Son inquiétude est perceptible, qui se mêle à une incrédulité teintée de défiance. Il veut être certain qu'elle n'est pas folle, qu'elle n'a pas, sous le feu de l'angoisse, inventé ou déformé toute cette histoire. Alors elle reprend tout depuis le début, en commençant par la manière dont Alex a falsifié son âge sur la copie de sa carte d'identité, ainsi que sur l'attestation de perte.
– L'assurance ne jouera pas, commente-t-il, comme s'il prononçait une sentence.
Elle a envie de lui dire qu'elle s'en fout, qu'elle n'a pas envie qu'au danger, on lui oppose la réglementation. Que c'est la vie d'Alex qui est en jeu. Mais tout cela, elle le garde pour elle.
Elle lui relate la conversation qu'elle a eue avec Mélanie.
– Qui étaient ces hommes ?
– Je ne connais pas leurs noms.
L'homme lâche un long soupir.

– J'ai besoin d'éléments précis, mademoiselle. Les gendarmes vont exiger des noms, des faits…

Puis il se tait, sans doute dans l'attente de sa réaction.

Elle regrette de ne pas avoir demandé plus de précisions à Mélanie. Quand celle-ci lui a parlé, elle s'est contentée de l'écouter sans trop la questionner, pour ne pas s'engager. Sans avoir l'accord d'Alex, elle ne pouvait rien lui promettre.

– Les hommes font partie de l'entourage de Matthieu.

– Matthieu comment ?

– Il porte le dossard 63. J'imagine qu'avec ça, vous pouvez trouver son nom.

Stessy espère n'avoir pas été trop brutale. Son interlocuteur ne relève pas.

– Vous affirmez qu'il s'est dopé.

– Oui, et Mélanie craint que sa vie soit en danger.

– Qui est-elle ?

– C'est sa copine, explique Stessy.

– La copine de qui ?

Elle a du mal à être claire. Ses mots se bousculent, en étouffent d'autres pour laisser la place aux suivants. Au bord des larmes, elle prend une longue inspiration, vide ses poumons puis inspire à nouveau.

– Vous êtes toujours là ? s'inquiète l'homme.

Elle a repris le contrôle de ses émotions.

– Mélanie est la copine de Matthieu, le dossard 63.

– Elle est à côté de vous ?

– Non.

– Où est-elle ?

– Je ne sais pas. Je ne l'ai pas revue. Les deux types l'empêchaient de voir son ami et de lui parler.

– Les faits que vous relatez sont graves. Très graves. Je vais devoir contacter la gendarmerie, prévient-il sur le ton de la mise en garde, et certainement stopper le trail.

Stessy s'apprête à lui dire qu'elle n'attend que ça, mais il poursuit :

– À quelle heure votre compagnon aurait-il dû arriver au point de ravitaillement ?

– Il avait calculé qu'il passerait entre 00 h 30 et 1 h 15 au plus tard, en cas de mauvaise météo.

Elle lui explique qu'elle a vu arriver des coureurs qui étaient derrière lui au dernier pointage.

– J'alerte le poste de secours. De nuit, une intervention va être compliquée. Ils ne pourront peut-être rien tenter avant demain matin.

Alex a le temps de mourir cent fois, pense-t-elle.

– Avec sa puce, vous pouvez le repérer et le retrouver !

L'homme soupire.

– Cette puce n'est pas un GPS. Elle sert simplement à déclencher la borne à l'arrivée au ravitaillement, à identifier le coureur et mesurer le temps.

La nouvelle lui fait l'effet d'un coup de massue.

– Et votre ami… Euh… Alexandre Buissun…

Stessy ne réagit pas tout de suite. Elle n'a pas l'habitude d'entendre son prénom complet et ça lui fait bizarre. Même dans le milieu de la course tout le monde l'appelle Alex. Cela ajoute à son trouble, creuse l'espace qui la sépare de lui, comme s'il s'éloignait un peu plus.

– … Il est… poursuit-il.

– Il est propre ! s'empresse-t-elle. Il ne s'est jamais dopé ! Il n'a rien à voir avec tout ça. C'est moi qui lui ai demandé de se rapprocher de Matthieu pour lui parler et l'alerter.

– Vous auriez dû prévenir l'organisation.

Le ton est maintenant celui du reproche.

– Je ne voulais pas…

Il la coupe.

– … que l'on découvre que votre ami avait menti sur son âge ? Ou que lui aussi s'est dopé ?

Stessy vit mal qu'on puisse remettre en question l'intégrité d'Alex. Mais elle doit s'écraser. Le type à l'autre bout du téléphone détient la vie d'Alex entre ses mains. C'est lui qui a le pouvoir de déclencher les secours.

21

Quelque part dans la montagne – La nuit

Malgré le froid vif, Alex écoute de longues minutes, immobile, promène ses yeux sur la pente, plus haut, à l'affût du moindre mouvement suspect. Il n'y a personne. La montagne est déserte. Cela le rassure et l'effraie. Il va pouvoir se concentrer sur son sort. Sans attendre, il entame avec ses bras une série de gestes pour faire affluer le sang dans ses mains et les réchauffer.

Prisonnier de la montagne, il sait sa situation critique. Dans les heures qui le séparent du lever du jour, la température sera son pire ennemi. Il se dit qu'il doit être minuit, peut-être 1 h 00, ou bien 2 h 00. Il ne sait pas. Sa montre et son téléphone se sont brisés dans sa chute. Mais connaître l'heure ne changerait rien. La nuit va être longue, et il se demande comment il parviendra à tenir.

Il dresse un état du contenu de son sac. Il n'a plus de vêtements en réserve. Il a déjà tout sur son dos. Sa main rencontre le sifflet censé lui permettre de se signaler aux secouristes, mais il ne lui servira à rien, sauf à se faire repérer quand les secours approcheront. Il dispose de quatre barres énergétiques, d'une poche d'eau et d'une couverture de survie. Il commence par manger une des barres, prend le temps de mâcher, imagine chaque bouchée libérer son lot d'énergie.

Il déplie la couverture de survie. Le bruit qu'elle émet lui rappelle le crépitement d'un feu. Des images de flammes parcourent alors son esprit, sans le réchauffer. Il ouvre sa veste, la retire, s'enroule dans la couverture avant de se rhabiller.

De longues secondes, il hume le vent, comme le ferait un chien ou une bête sauvage, à la recherche d'une odeur de terre ou de verdure qui lui indiquerait la vallée. Mais la nature est peu bavarde, et l'abandonne à ses doutes. Doit-il creuser un abri dans la neige ? Ou tenter de retrouver le chemin ?

Avec la première option, il court le risque de finir enseveli sous la neige, et qu'on ne le retrouve pas. La seconde n'est pas meilleure, puisqu'il ne sait ni où il se trouve, ni quelle direction prendre, encore moins où se cachent les dangers et les pièges.

Il repense à Matthieu, dont le corps gît quelque part dans cette pente. S'il ne veut pas finir comme lui, il doit avancer, grimper ou descendre il ne sait pas encore, mais surtout ne pas rester là.

Les deux hommes qui ont dopé Matthieu sont-ils toujours à ses trousses, ou ont-ils déjà gagné le ravitaillement suivant ? Une seconde, il les imagine racontant la chute mortelle du dossard 63. Peut-être diront-ils que c'est lui qui l'a poussé. À cette idée, Alex est saisi d'effroi. Le monde autour de lui semble vaciller. Il repense à la Go Pro qu'il a dans la poche, pose sa main dessus pour s'assurer qu'il n'a pas rêvé.

Quand il la sent à travers le tissu, le soulagement lui tire un léger sourire. Elle a tout vu, tout entendu, tout enregistré. Elle sera sa meilleure avocate si on venait à le soupçonner d'avoir tué Matthieu.

Un doute affreux l'assaille. La caméra était-elle en état de marche ? N'a-t-elle pas été endommagée lors de sa chute ? Les données enregistrées n'ont-elles pas été détruites ? Autant de questions qui ne trouveront de réponse qu'une fois qu'il l'aura remise aux gendarmes. À tâtons il dégage le drone, ou du moins ce qu'il en reste, le fourre dans son sac dans lequel il place aussi la caméra pour qu'elle soit plus à l'abri que dans sa poche. Il le referme, le remet tant bien que mal sur ses épaules.

Avec le courage qui anime les désespérés, il rampe dans la pente, tente d'évaluer la hauteur de l'aplomb qui le toise. Le faisceau de sa lampe se perd dans la nuit sans livrer aucune information. Ses pensées vont alors à celle qu'il aime et qu'il voudrait tant serrer dans ses bras.

– Stessy, Stessy, Stessy, répète-t-il.

La neige et l'obscurité engloutissent ses paroles.

22

Les Iris – 5e ravitaillement – 02 h 10 – 2e jour

Quand les deux gendarmes pénètrent dans la salle des fêtes, la sono diffuse en sourdine un vieux morceau de Beyoncé. Dans un coin, un groupe d'accompagnateurs boivent une bière. Par respect pour les coureurs qui se reposent, ils chuchotent, et quand ils étouffent un éclat de rire, ils ressemblent à des collégiens qui ont peur d'écoper de deux heures de retenue.

Depuis un bon moment déjà, la fatigue s'est emparée de Stessy. Pas celle qui fait bâiller et endort, celle qui électrise les nerfs et rend impatient. Elle se sent comme la mèche d'un pétard, dont l'inexorable crépitement annonce une explosion brutale. Elle voudrait foncer dans la nuit, partir à la recherche d'Alex, crier son nom pour obtenir une réponse.

Avant même qu'elle ait esquissé le moindre mouvement, les deux agents se dirigent vers elle. Le contrôleur a dû détailler son physique et sa couleur de peau. Et comme elle est la seule…

Le plus vieux cache sa bouche derrière une épaisse moustache qui semble surgie d'un feuilleton de son enfance, tant elle détonne avec les diktats de la mode actuelle et les hipsters barbus. L'autre est jeune, bronzé, buriné même. Les traces de ses lunettes dessinent deux grands ronds blancs autour de ses yeux, qui rappellent le plumage d'un hibou. D'un mouvement de tête, il salue les types assis derrière la table de contrôle.

À l'idée de devoir une fois de plus raconter toute son histoire, Stessy se sent nerveuse. Le sang qui parcourt ses veines lui semble plus épais, chargé d'un sable grossier qui la racle et l'écorche de l'intérieur.

– Bonsoir, dit le plus vieux en crochetant ses pouces à sa ceinture de cuir.

– On va se mettre à l'écart dans notre fourgon, dit l'autre.

Alors qu'il la précède, Stessy pose ses yeux sur son arme, qui remue au rythme de ses pas saccadés. L'autre la suit. Elle a l'impression d'être une prisonnière que l'on mène à son juge ou à sa cellule. Les types qui buvaient une bière quelques minutes plus tôt la regardent passer, la tête certainement pleine de supputations hasardeuses.

Des coureurs continuent à arriver, qu'elle ne peut s'empêcher de fixer, comme si elle pouvait lire dans leurs yeux ce qui a bien pu arriver à Alex.

– Par ici, indique le gendarme en ouvrant la porte de côté du fourgon garé le long de la salle des fêtes.

Quand Stessy y grimpe, le chien à l'arrière se redresse.

– Vous n'avez rien à craindre, précise-t-il.

Sans quitter le berger allemand des yeux, elle s'installe sur le siège contre la fenêtre. Un énorme tag bleu couvre la moitié inférieure du mur de la salle des fêtes, dans une sorte de vague sur laquelle surfent des yeux de toutes les couleurs.

Le gendarme le plus vieux redresse une tablette, y pose un ordinateur portable qu'il allume sans prononcer le moindre mot. Un pansement qu'elle n'avait pas remarqué jusque-là couvre sa tempe gauche, et bouge dès qu'il contracte ses mâchoires.

– Votre nom ?

– Stessy Bridges.

– Date de naissance ?

– 14 juin 2000.

– Vous avez donc dix-…

– … huit ans, termine-t-elle.

Il lève les yeux vers elle, lisse sa moustache, puis replonge son regard sur son clavier.

– Vos accusations sont graves.

Oui, elle le sait, mais elle ne comprend pas pourquoi il lui dit ça. Elle n'a pas huit ans, et n'est pas une demeurée.

– Que croyez-vous qu'il soit arrivé à votre compagnon ?

La question abrupte la déstabilise.

– Je… je ne sais pas. Il aurait dû pointer ici depuis plus d'une heure.

– Vous pensez que Matthieu Rochkurt peut avoir un rapport avec sa disparition ?

– Je n'ai jamais dit ça ! s'insurge-t-elle, après qu'une vision fugitive de Matthieu et Alex se battant l'a traversée, puis figée.

– C'est bien vous qui avez parlé de ce problème de dopage.

– Matthieu aussi a disparu. Il était devant Alex au dernier point de contrôle, et il n'est pas là non plus.

– Ils se sont peut-être simplement perdus.

– Tous les deux ? C'est impossible.

Elle sent que lui non plus ne croit pas à cette éventualité.

– Une équipe de secours est partie à leur recherche, annonce le plus jeune, qui semble gêné par la pugnacité de son collègue.

– Merci, dit-elle en coulant son regard dans le sien.

– Mais de nuit, ça va être compliqué, s'excuse-t-il presque.

Elle lui adresse un sourire, comme si elle voulait le rassurer. Vite, son attention fuse ailleurs. Elle imagine la colonne des secouristes parcourir la piste, appelant et sifflant à intervalles réguliers pour localiser Alex.

– Vous devriez aller vous reposer. Cela risque d'être long. Très long.

– Je préfère attendre dans la salle.

Au cas où, se retient-elle d'ajouter, ne sachant pas ce qu'implique cette notion.

Une moue de gêne traverse le visage du moustachu.

– Écoutez... euh... les organisateurs préféreraient que vous attendiez ailleurs que dans la salle. Il s'agit d'une compétition, et même d'une fête, dédiée au sport. Ils ne peuvent pas se permettre de... Et puis ils s'interrogent sur l'éventualité de stopper le trail. Il y aura forcément des déçus.

– Je ne veux pas m'éloigner d'Alex !

– Il y a un hôtel un peu plus haut dans le village, poursuit l'autre qui sent que son collègue s'enlise. C'est confortable et les patrons sont sympas. Si vous voulez, je peux appeler pour vérifier s'ils ont une chambre disponible.

D'un signe las de la tête, elle acquiesce.

Alors qu'il sort du fourgon pour téléphoner, le plus vieux la dévisage un instant.

– Je prendrai votre témoignage complet demain matin. S'il y a du nouveau, on vous préviendra. Mais pour l'heure, cela ne sert à rien de patienter ici.

Déjà il se lève et, d'un mouvement du bras, lui indique l'extérieur.

– C'est bon, dit l'autre. Les patrons vous attendent. Il leur reste une chambre.

Stessy le remercie puis s'éloigne. En repassant devant la salle, elle ne peut s'empêcher de jeter un coup d'œil à l'intérieur. Bien sûr, Alex n'est pas là. Son cœur se comprime dans sa poitrine, des larmes grimpent au coin de ses yeux.

Comme si elle regardait des poissons à travers la vitre d'un aquarium, elle observe les coureurs et leurs accompagnateurs. Ils appartiennent à un monde qui n'est déjà plus le sien. Elle envie leur bonheur, leur insouciance.

Doit-elle prévenir Omar ? Elle aimerait entendre sa voix, l'écouter la rassurer. Mais elle redoute son silence et les périls qu'il induirait. Et puis il y a sa mère qui ne va pas bien. Elle veut les ménager.

Alors qu'elle remonte l'unique rue du village, son téléphone sonne. C'est son frère. La concomitance de leurs pensées lui tire un sourire amer.

– Qu'est-ce qui se passe ? demande-t-il sans attendre.

Son inquiétude ne laisse aucun doute. Il sait. Bien sûr qu'il sait puisque Alex n'a pas franchi le point de contrôle et que sa puce n'a pas permis d'enregistrer son temps sur le site internet. Elle lui explique la situation. Les gendarmes. Les secours qui fouillent la nuit. Elle tente de s'en tenir aux faits et de ne pas mêler ses émotions à son récit. Elle a peur de se noyer dans ses larmes. À l'autre bout, il n'y a que le silence d'Omar, qu'elle redoutait tant.

– Alex est costaud, glisse-t-il enfin. C'est un sacré gaillard. Tu m'appelles dès qu'il y a du nouveau.

– Comment va maman ?

– Elle se repose. Ne t'inquiète pas. Je t'embrasse.

Puis il raccroche.

Autour d'elle, malgré la nuit, elle sent la présence oppressante des montagnes. Quelque part se trouve Alex. À la fois si près et si loin. Le contraste entre l'air glacé et les larmes brûlantes qui coulent sur ses joues est violent, et la consume un instant.

Elle est condamnée à attendre. Sans pouvoir rien faire. Son impuissance la révulse.

Alors qu'elle approche de l'hôtel, une vision la saisit.

Le 4 × 4 blanc emprunté hier par Mélanie est garé le long du trottoir.

23

Les Iris – 5e ravitaillement – 02 h 55 – 2e jour

Devant l'entrée de l'hôtel, Stessy repère Paul, l'entraîneur de Matthieu. Il est penché sur le côté de son 4 × 4, qu'il semble inspecter avec minutie.

À sa vue, la douleur prend son corps tout entier. Son insulte l'a touchée dans sa chair. Plus profondément qu'elle ne l'aurait voulu. Puis elle repense à Alex. Au regard de la situation si préoccupante, la remarque raciste de Paul lui semble soudain une peccadille. Alors, même s'il l'a blessée, elle ravale sa rancœur. Décidée, elle efface la trentaine de mètres qui les sépare. Elle a si peur, est si terrifiée qu'un drame soit survenu, qu'elle ne peut contenir son inquiétude. Elle va lui parler. Paul est le seul lien qui la raccroche encore à Alex. À cet instant, il n'y a pas la moindre différence entre eux, puisque Matthieu ayant lui aussi disparu quelque part dans la montagne, les mêmes craintes les unissent.

À la perspective de partager sa détresse, une partie du cauchemar qu'elle est en train de vivre semble s'effilocher et desserre son étreinte. La seconde suivante, elle s'en veut d'être si naïve. Elle ne sait plus où elle en est.

– Tu as des nouvelles de Matthieu ? demande-t-elle sur la défensive.

Paul redresse la tête, la dévisage.

– C'est avec moi que discutait Mélanie, hier.

– Qu'est-ce que tu me veux ?

Le ton rude s'est radouci en fin de phrase.

– Alex et Matthieu ne se sont pas présentés au dernier ravitaillement.

– Je sais.

– Je me demandais si toi ou Mélanie vous avez eu des nouvelles.

Le type baisse les yeux sur sa cigarette, tire une dernière bouffée, puis la laisse tomber sur le sol avant de l'écraser de la pointe de son pied.

– Non... aucune.

Même si elle ne s'attendait pas à une autre réponse, elle est déçue.

– Tu sais ce qui a pu se passer ?

Pour toute réponse, il secoue négativement la tête.

– Je m'appelle Stessy, se présente-t-elle.

Le type hésite, répond à son tour :
– Moi, c'est Paul.
– Je sais. Mélanie me l'a dit.
– Tu l'as revue ?
Le soupçon trouble son regard.
– Oui, au dernier ravitaillement. Elle voulait s'excuser pour tes paroles sur ma... couleur de peau.
Paul se raidit.
– Je ne suis pas là pour obtenir des excuses, poursuit-elle en prenant sur elle. On est maintenant dans la même galère, et on doit se serrer les coudes.
– Je suis désolé de ce que j'ai dit hier.
Stessy n'essaie pas de mesurer la sincérité des propos. Elle s'en moque.
– Mélanie sait que Matthieu a... disparu ?
– Oui. Elle est au courant. Elle est comme nous. Elle attend.
Paul fait un pas de côté, semble vouloir regagner l'hôtel. Stessy cherche les mots qui pourraient le retenir quelques instants. Elle angoisse à l'idée de se retrouver seule à affronter son inquiétude.
– Les gendarmes ont envoyé une équipe de secours, lance-t-elle.
– Les... gendarmes ? Tu as été trouver les gendarmes ?!
– Ce sont plutôt eux qui sont venus me trouver.
– Pourquoi ? demande-t-il, méfiant.

– J'ai parlé aux organisateurs de la course de…

Paul soupire bruyamment, jette son mégot d'un geste vif.

– Qu'est-ce que tu as eu besoin d'aller baver ?

Son ton vient de se durcir.

– Écoute, dit-elle, je n'ai voulu dénoncer personne.

– C'est bien ce que tu as fait, pourtant !

– J'ai attendu plus d'une heure, se défend-elle. Ne voyant ni Alex ni Matthieu arriver, j'ai décidé d'alerter les commissaires de course.

– En leur balançant tout ! s'emporte-t-il.

– Oui, tout. Je leur ai même dit qu'Alex avait fait des faux pour pouvoir participer à ce trail.

Paul passe nerveusement sa main dans ses cheveux. À plusieurs reprises.

– De toute façon, insiste-t-elle, ils auraient bien fini par le découvrir tôt ou tard. Alors…

L'argument n'a pas l'air de le convaincre. Stessy détache son regard du visage tourmenté qui lui fait face et le reporte sur la nuit qui les entoure. Quelque part, là, au milieu de l'obscurité, se trouve Alex. Perdu. Peut-être blessé. Son esprit bute sur l'idée que le pire ait pu arriver. Elle a envie de crier à la montagne de le lui rendre. De ne surtout pas lui faire de mal.

Reste une interrogation, toujours plus pressante. Pourquoi Matthieu et Alex sont-ils tous les deux introuvables ? Ce constat exclut l'hypothèse de l'accident. Alors ? Sont-ils en train de discuter dans un coin, Alex tentant de convaincre Matthieu que la victoire ne mérite pas qu'on mette sa vie en jeu ?

Stessy veut y croire. C'est la seule éventualité acceptable. Oui, c'est même la seule qu'elle accepte d'envisager. Elle se dit qu'elle s'est affolée trop vite, qu'elle n'aurait peut-être pas dû alerter si vite les organisateurs, ni même parler à Paul. L'instant d'après, tout s'embrouille dans son esprit. Elle ne sait plus à quoi ou à qui se raccrocher. Certainement pas le pseudo-entraîneur de Matthieu. Comment a-t-elle pu penser qu'elle et lui partageaient les mêmes craintes ?

Elle s'apprête à gagner l'hôtel quand elle accroche le visage inquiet de Paul. Elle tourne la tête, suit son regard. Du bas du village monte une voiture de la gendarmerie. Son gyrophare éclabousse de bleu les façades et la neige à leurs pieds.

24

Quelque part dans la montagne – La nuit

Depuis une éternité, Alex se bat avec la fermeture Éclair de son coupe-vent. Ses doigts gourds ne parviennent plus à serrer la languette métallique. Pourtant, il doit au plus vite rajuster la couverture de survie qui a glissé. Sinon, le reste de son corps deviendra comme ses mains. Le froid l'assaille de toutes parts, comme des milliers de bouches affamées ou des nuées de tentacules. Des images folles explosent dans son esprit. Est-ce dû à la fatigue ? Ou bien est-ce l'engourdissement qui déjà le gagne ?

Il paraît que mourir de froid n'est pas une mort violente. Cela s'apparente plutôt au sommeil. On perd inconsciemment contact avec la réalité. On glisse inlassablement vers...

– Non ! crie-t-il.

Un flot d'énergie jaillit dans ses veines. Il doit se battre. Avancer. Affronter le temps qui le sépare du lever du jour.

Une seconde. Puis une autre. Et encore une.

Il sait qu'il va disputer la course de sa vie. Ou plutôt de sa survie.

Une seconde. Puis une autre. Et encore une.

Ses paupières sont lourdes. Ses gestes lents.

Il ne peut plus avancer. C'est trop dangereux. Il risque à tout moment de dévisser. Tomber plus bas. Disparaître englouti dans une faille. Et on ne retrouvera son corps qu'au redoux, quand la neige aura fondu.

Il doit simplement rester éveillé. Simplement retirer l'amoncellement de flocons de neige qui ambitionnent de le recouvrir, comme un linceul recouvre un défunt.

Une seconde. Puis une autre. Et encore une.

Dans son sac qu'il a par chance laissé ouvert, Alex attrape la deuxième barre énergétique. Manger va le maintenir éveillé et repoussera temporairement les assauts du froid. Mais ses doigts ne parviennent pas à emprisonner la barre, qui lui échappe et tombe à terre. Il la cherche à tâtons, mais ses mains tremblantes ne font plus la différence entre le tapis de neige et le reste. Il s'obstine quelques minutes. En vain. Alors il se résout à attraper la troisième barre.

Peut-être qu'après l'avoir mangée…

Les mains serrées en coupe, il prend garde, cette fois, à ne pas l'échapper.

Il se penche sur ses mains et mord l'emballage. Sa bouche raide est devenue malhabile. Et ses mâchoires affaiblies ne parviennent pas à percer le plastique. Il se sent ridicule. Ridiculement faible. Se dit qu'il a vécu pire, alors il repart à la charge. Encore. Et encore, jusqu'à ce que, enfin, l'emballage cède. Le goût du chocolat et du sucre explose dans sa bouche, faisant jaillir une multitude de souvenirs qu'il croyait éteints.

Il ne cherche pas à cracher le plastique. Ni sa langue ni ses doigts ne parviendraient à faire le tri dans sa bouche, tant ils sont devenus gauches. L'important c'est que la nourriture parvienne dans son estomac et que les calories se diffusent dans tout son corps.

Alex avise la barre énergétique, ou du moins ce qu'il en reste. Une arme dérisoire pour résister à cette montagne gigantesque, que des vents glacés balayent.

Plus bas dans la vallée, Stessy doit commencer à s'inquiéter. Elle a tous ses temps de passage, aura compris qu'il s'est passé quelque chose, et préviendra les secours. Combien de temps mettront-ils ?

Il maudit ensuite cet été pourri. Le froid est son ennemi. Pas la montagne. Ni ce trail. Sa condition physique est bonne. C'est d'ailleurs certainement grâce à elle qu'il est toujours en vie, et conscient.

Une boulette de plastique s'est formée dans sa bouche, qu'il parvient à cracher. Il se redresse, mouline mollement l'air de ses bras, se demande s'il ne vaut pas mieux économiser ses forces et suspend son geste. S'il veut avoir une chance de s'en sortir, il doit se mettre à l'abri du vent. Alors il se traîne le long de la paroi à la recherche d'un creux. Un creux dans lequel il pourra se nicher. Un creux dans lequel il devra veiller à ne pas s'endormir. Pour toujours.

25

Les Iris – 5e ravitaillement – 05 h 15 – 2e jour

À l'annonce de la nouvelle, Stessy se met à trembler. Non pas un léger tremblement comme celui provoqué par le froid. Ce qu'elle ressent, c'est un séisme. Chacune de ses cellules semble vriller, menaçant son corps de désintégration.

Avec la mort de Matthieu, les craintes qu'elle refusait de formuler ni même d'envisager au sujet d'Alex prennent vie et déferlent comme une vague furieuse qui la fracasse.

À ses questions, les gendarmes ne peuvent apporter de réponse. Les secouristes ont fouillé le coin autour de la dépouille de Matthieu et n'ont pas trouvé la moindre trace d'Alex.

– Alex…

Dans le fourgon qui les mène tous à la gendarmerie, le silence pesant a la consistance de la boue. Les regards sont figés, embués de larmes. Stessy tient la main de Mélanie, la serre du plus fort qu'elle peut pour tenter de contenir la nausée qui l'envahit. Elle se reprend, veut rester dans le présent, et croire au futur.

Une fois arrivés, ils empruntent un couloir baigné d'une lumière crue. Sur les murs, des affiches vantent l'engagement dans la gendarmerie. *Une terre d'aventure*, affirme un slogan.

Un des officiers fait signe à Mélanie de pénétrer dans un des bureaux, obligeant Stessy à lâcher sa main. L'entraîneur et le pilote du drone entrent dans un autre. Elle se retrouve seule dans le couloir. Commence une interminable attente.

La nouvelle de la mort de Matthieu semble irréelle. Comment cette fête sportive a-t-elle pu virer ainsi au cauchemar ? Est-il encore raisonnable d'imaginer qu'Alex s'en tirera sans une égratignure ?

Stessy a chaud et terriblement soif. Sur ce qui a bien pu se passer, elle est incapable de formuler la moindre hypothèse. Alors elle regarde sa montre, qui indique 5 h 15.

La première à sortir est Mélanie, qui ne lui jette pas le moindre regard. Les larmes semblent avoir creusé des sillons sur ses joues. Ses épaules voûtées la font ressembler à une petite vieille qui a perdu tout repère. Stessy tend le bras pour attraper sa main, mais le gendarme qui l'accompagne s'interpose en faisant claquer sa langue contre ses dents.

Quand il revient quelques minutes plus tard, il lui indique la porte du bureau. La pièce est petite. Des dossiers sont empilés à même le sol dans un coin. Dès qu'il s'assoit, Stessy décide de visser son regard au sien, comme pour chasser le moindre interstice où pourrait se glisser une mauvaise nouvelle.

– Asseyez-vous, dit-il de sa voix posée, aussi grave que les circonstances l'exigent.

Le souffle coupé, le cœur au bord des lèvres, Stessy attend.

– Nous avons besoin de comprendre la nature des liens qui unissaient Matthieu Rochkurt et votre ami. Ils se connaissaient ?

– Non... enfin si... je ne sais plus, bredouille-t-elle.

Le gendarme fronce les sourcils et lève une main, comme le ferait un arbitre pour suspendre le jeu. Méfiante, elle hoche la tête. Lui se penche en avant.

– La situation est grave, mademoiselle. Très grave.

Ils n'ont que ce mot-là à la bouche.

– Je vous rappelle que Matthieu Rochkurt est mort, poursuit le gendarme, et qu'Alexandre Buissun est porté disparu. Nous avons besoin de votre pleine et entière collaboration.

Stessy se tait, absorbe ses paroles, sans être certaine de bien comprendre ce qu'elles sous-entendent.

– Ils se sont croisés il y a longtemps dans un club, puis se sont perdus de vue. Alex n'avait jamais reparlé à Matthieu, jusqu'à ce que je lui demande d'entrer en contact avec lui.

– Pourquoi ? demande-t-il en griffonnant sa réponse.

Son cœur se met à battre plus vite. Elle se sent mise en accusation, réalise encore un peu plus que, sans son intervention, rien de tout cela ne serait sans doute arrivé.

Elle raconte une nouvelle fois les propos entendus dans les toilettes lors du briefing de départ. Ensuite elle déroule l'histoire, jusqu'au moment où elle a demandé à Alex d'agir. C'est aussi la dernière fois qu'elle l'a vu. Elle se raidit, puis la seconde d'après sent tous ses muscles se liquéfier.

Elle attrape ces dernières images, tente de les figer dans sa mémoire, mais le gendarme ne lui en laisse pas le temps. Il sort un cliché, qu'il dépose devant elle.

– Vous reconnaissez ce gant ?

Stessy se fait littéralement happer par la photo. C'est le gant d'Alex ! Aucun doute n'est possible. Elle voudrait le prendre dans ses mains, le plaquer contre sa joue, le sentir. Puis elle se ressaisit : il ne s'agit que d'une photographie.

– Où l'avez-vous trouvé ? interroge-t-elle, sans vraiment être certaine de vouloir connaître la réponse.

– À côté du corps de Matthieu Rochkurt.

Stessy reste interdite. Un scénario se dessine, qu'elle refuse d'entendre.

– Il n'est pour rien dans la mort de Matthieu, s'emporte-t-elle alors qu'une lame semble s'enfoncer dans ses entrailles.

– Personne n'a dit cela, tempère le gendarme. Nous cherchons simplement à comprendre. D'autant plus…

Prise de frayeur, Stessy arrache son regard de la photo et redresse son visage.

– … que quoi ? prolonge-t-elle.

Le gendarme inspire profondément et se recale sur sa chaise.

– D'autant plus que l'entourage de Matthieu Rochkurt fait état de pressions et même de menaces que vous auriez, vous et votre ami, exercées sur lui.

– L'entourage ? Son entraîneur véreux et le pilote du drone, vous voulez dire ? Ils cherchent juste à masquer le fait qu'ils étaient de mèche avec Matthieu.

– Il n'y a pas qu'eux, rétorque-t-il avec calme.

– Mélanie aussi ?

Le gendarme aligne son stylo avec le bord de la feuille sur laquelle il a pris des notes puis il lâche sans répondre :

– Le juge a demandé qu'une autopsie soit pratiquée sur le corps de Matthieu Rochkurt.

– Et pour Alex ?

– Deux équipes le cherchent sur le terrain.

« Cherchent », se répète-t-elle mentalement. Ils cherchent un disparu, ou bien un coupable ?

– Vous… croyez qu'il est… en fuite ?

Le gendarme se redresse sur sa chaise puis se racle la gorge.

– C'est une hypothèse. Et tant que nous n'aurons pas d'élément concret, cela restera une simple hypothèse. S'il devait prendre contact avec vous, appelez-nous aussitôt. Ce sera mieux pour lui. Je vous rappelle qu'il y a une mort suspecte dans cette affaire.

Stessy est totalement défaite, sent à peine les mains du gendarme sur ses bras quand il l'aide à se relever. Quand elle sort du bureau, le couloir est désert.

– Voulez-vous qu'on vous ramène à l'hôtel ?

– Non. Merci. J'ai besoin de prendre l'air.

Dehors, une clarté grise et triste tente de repousser l'obscurité, dévoile la silhouette des montagnes qui encerclent le village. Dans ce décor grandiose et oppressant, un instant elle a l'impression de débarquer d'une autre planète. Une planète où Alex serait en pleine forme et leur bonheur intact.

26

Les Iris – 5e ravitaillement – 07 h 35 – 2e jour

Sous les doigts de Stessy, les froissements aigus de la tôle du 4 × 4 lui ouvrent des perspectives nouvelles. Elle presse nerveusement sa main, caresse la carrosserie, prend le temps de ressentir les angles, les pliures, pour imaginer la puissance du choc qui les a causés. Voilà ce qu'examinait Paul quand il était penché, un peu plus tôt, sur le véhicule ! Stessy fait défiler toutes les images de la veille. Elle en est certaine. Hier, le 4 × 4 était intact.

Une question la hante subitement. Et si l'entraîneur, ou le pilote, ou peut-être même les deux, étaient liés à la disparition d'Alex ? Cette idée l'effraie tant elle paraît folle. L'instant d'après, elle se ravise. Cette hypothèse ne tient pas debout. Quel intérêt pourraient-ils avoir à s'en prendre à Alex ?

Aucun.

Elle s'apprête à regagner l'hôtel quand une autre idée germe dans son esprit. Elle s'immobilise, tire doucement sur le fil de ses pensées, prend bien soin qu'il ne se rompe pas. Elle entrevoit au loin un point lumineux, masqué par la brume épaisse qui envahit tout son cerveau.

À force d'efforts et de précautions, un scénario prend doucement forme, qu'aucun argument ne parvient à repousser ni à disqualifier. Un scénario qui tient enfin, et qu'elle se répète plusieurs fois pour en vérifier chaque élément. Un scénario qui lave Alex de tout soupçon et accrédite la thèse qu'il est en vie, quelque part, caché pour éviter tout risque.

Une joie soudaine la traverse, qui tranche avec l'angoisse qui la rongeait depuis des heures. Puis elle se remet à douter. Encore, et toujours. Ce doute. Ce manque de confiance qui bouffe son énergie et plombe son élan dès qu'elle veut se lancer dans un projet.

Bien sûr, ceux qui la côtoient n'ont pas cette image d'elle, puisqu'elle s'efforce, en toutes circonstances, d'afficher détermination et désinvolture.

– Quand on est noir, on doit tenir sa tête encore plus droite que les autres, à une hauteur à laquelle les bassesses des crétins ne peuvent voler, dit toujours sa mère dès qu'elle se plaint d'une remarque, d'une attaque ou d'une vexation.

Alors Stessy redresse sa tête et pénètre dans l'hôtel.

Dans la petite salle à droite de l'accueil, le gérant s'affaire à débarrasser les tables du petit-déjeuner. Les nappes en papier blanc sur l'avant-bras, il passe de table en table, en dresse de nouvelles.

– Vous voulez petit-déjeuner ? demande-t-il quand il l'aperçoit.

– Je n'ai pas encore faim, ment-elle, alors que son estomac gargouille sous l'effet de l'odeur alléchante des croissants qui dorent dans le four de la cuisine. Je voulais simplement connaître le numéro de chambre de Mélanie Duval.

– La 12, répond-il tout en lissant une nappe. Au deuxième étage, juste à gauche de l'escalier.

– Et celles de Paul Duhill et de Denis Fortan ?

Cette fois, l'homme suspend ses gestes et réfléchit deux secondes. Ses paupières encore lourdes papillonnent. De sa main libre, il vérifie machinalement qu'aucune mèche ne dépasse sur sa tête. Ce geste pourrait prêter à sourire, tant sa coiffure est apprêtée et marquée par les dents du peigne.

– La 3 et la 5, au premier.

Stessy lui sert un franc sourire et s'engouffre dans l'escalier.

Au fond, elle sait qu'elle n'a pas le choix.

27

Quelque part dans la montagne

Avec la clarté du matin, l'espoir d'Alex reprend. Les dernières heures ont été terribles, mélange de cauchemars et d'hallucinations. Dans la nuit, il lui semble avoir entendu des coups de sifflet d'alerte. Lointains, puis plus proches, ils se mêlaient à ses rêves. Il a mis du temps à rassembler ses idées. Trop de temps. Il a bien tenté de crier, mais le son qui sortait de sa bouche ne portait pas, comme prisonnier du nuage qui l'enveloppait. Il avait froid, tremblait si fort que cela couvrait par moments les battements de son cœur.

Puis les coups de sifflet se sont tus. Il s'est demandé s'il était encore vivant, ou si ces appels n'étaient pas le chant des anges ou de créatures célestes venus l'accueillir. Ce n'est que plus tard, bien plus tard, qu'il a pensé au sifflet dans son sac. Il lui a fallu du temps pour le trouver, l'amener à sa bouche, puis souffler. Le léger chuintement qui a crachoté a renforcé son sentiment de solitude et d'abandon. A-t-il crié ? Pleuré ? Il se rappelle simplement la sensation de vide absolu qui se propageait en lui, traquant sans relâche la moindre parcelle d'énergie et d'espoir, pour la pulvériser.

Il a aussi pensé à Matthieu, du moins à son corps, quelque part, plus haut, niché dans un recoin de cette montagne. Un corps raidi par la mort et le froid. Comme sa jambe, qu'il ne sent plus.

Il n'ose pas la toucher, encore moins imaginer l'étendue des dégâts, ni ce que pourrait être son existence s'il venait à la perdre. Aura-t-il le courage d'Omar, qui a dû abandonner tout rêve de compétition et de victoire après son accident de scooter ?

Alex essuie ses yeux d'un revers de manche. Dans quoi a-t-il embarqué Stessy ?

Face à lui, le ciel est soudain plus clair. Le gris opaque de la brume vire au gris pâle, puis au blanc. Si tel est le cas, l'hélicoptère de la Sécurité civile pourra décoller et partir à sa recherche.

Il s'en veut de s'être laissé submerger par le doute et la résignation. Il déteste sentir cette faiblesse, qu'il prend habituellement bien soin de tenir éloignée.

Enfin, le brouillard se déchire pour laisser apparaître des lambeaux bleus. Il aperçoit un rapace, envie sa capacité à s'affranchir du relief. Le soleil lèche un instant sa joue. Alors il bascule sur le côté, voit maintenant une ligne de crête qui se perd à droite dans les nuages bas et se déroule à gauche en une pente infinie, derrière laquelle se dressent d'autres montagnes. Alex scrute l'horizon, cherche un détail qui pourra le mettre sur une piste mais la brume reprend possession des lieux et noie son espoir.

Les minutes s'enchaînent, et le brouillard semble s'épaissir. Pris d'une soudaine colère, Alex lui parle, l'insulte, le blâme d'avoir broyé son rêve, de le priver de Stessy, lui reproche aussi sa blessure.

La luminosité devient si faible qu'il se demande si le soir n'est pas arrivé. Puis il se ressaisit, se répète plusieurs fois que c'est le matin, qu'il s'appelle Alexandre Buissun, qu'il vit en région parisienne, que son entraîneur se prénomme Omar, qu'il est fou amoureux de Stessy. Durant un temps qu'il ne parvient pas à mesurer, il se répète en boucle ces informations qui prouvent qu'il est vivant et appartient au monde qui l'entoure et pour le moment l'ignore.

Il s'accroche au sourire de Stessy. Un sourire timide, souvent généreux, jamais satisfait. Alex est convaincu qu'il aura atteint le plus beau degré de l'amour quand il comprendra toutes les nuances de ses sourires, saisira ces petites choses qu'ils expriment, parfois à son insu à elle. Il n'a pas eu suffisamment de temps pour cela. Et il sait qu'il lui en faudra. Beaucoup.

Alors il veut vivre. Et il va se battre.

Il ferme un instant les yeux, tente de visualiser l'espace qui le sépare de la crête aperçue plus tôt. Si le ciel ne s'éclaircit pas, il n'aura pas le choix.

Il se perd en conjectures, quand un léger ronronnement dérange cet environnement.

Il tend l'oreille, se demande s'il ne rêve pas. Le murmure d'une mouche, puis d'un bourdon, puis une certitude. Là-haut, à quelques dizaines de mètres au-dessus de lui, vole un hélicoptère. Une simple couche de nuages les sépare, qu'il tente de percer de ses cris et de ses gestes fous, complètement désordonnés. Ses hurlements déchirent sa gorge, arrachent ses poumons. Ses yeux menacent de jaillir de leurs orbites.

Personne ne l'entend. Personne ne l'entendra jamais, il le sait. Mais il ne peut retenir ses cris, des rugissements féroces.

Quand, hors d'haleine, il cesse de hurler, le vrombissement a disparu. Le silence étouffe de nouveau l'endroit, et ses espoirs avec. Une boule grossit dans sa gorge, qui l'étouffe et bloque sa respiration. Des flocons se mettent à tomber. Leur légèreté tranche avec le poids du désespoir qui pèse sur ses épaules.

– T'es foutu, s'entend-il prononcer.

L'oppression est telle qu'il vomit. Pas grand-chose. Surtout de la bile, qui tapisse sa bouche d'un goût infect qui appelle une nouvelle nausée. Pour l'évacuer, Alex mord la neige, recrache. Plusieurs fois.

Il lui paraît soudain évident qu'il n'a d'autre choix que de gagner la vallée par ses propres moyens.

Alors il roule sur le ventre, tend un bras devant lui et tire.

Un. Puis un autre. Puis encore un.

Si on doit le retrouver mort, il veut qu'on sache qu'il a lutté.

Jusqu'au bout.

28

Les Iris – 5e ravitaillement – 07 h 40 – 2e jour

Mélanie n'a fait aucune difficulté pour lui ouvrir et la laisser entrer. Elle ne semble même pas étonnée de la voir. Stessy la prend dans ses bras, la serre contre elle un instant. Quand elle réalise que la douleur de Mélanie pourrait devenir la sienne, elle sent son estomac se nouer. Sans s'en rendre compte, elle fait un pas en arrière, comme si le malheur pouvait être contagieux.

– J'ai peur, murmure Mélanie en s'asseyant en tailleur sur son lit.

Ses yeux terrifiés sont rougis et gonflés de chagrin.

– De quoi ? interroge Stessy après s'être ravisée, car elle avait plutôt envie de demander *De qui*.

– J'ai peur de voir les parents de Matthieu. Ils ont été prévenus et sont en route. Ils n'ont plus que moi maintenant. J'aimais leur fils, oui, mais je ne veux pas que ma vie se fige pour toujours, qu'ils fassent de moi sa mémoire vivante.

Le recul et la clairvoyance de Mélanie déconcertent Stessy. Elle la prenait pour une fille superficielle, profitant du succès et de la notoriété de Matthieu, elle se révèle d'une maturité étonnante.

– Tu dois rester maître de ta vie, glisse Stessy. Oui. Mais il est encore un peu tôt pour penser à tout ça.

Elle voudrait lui dire de se contenter de pleurer, que la douleur est suffisamment vive aujourd'hui pour ne pas endosser, en plus, toute la désolation des semaines, des mois et des années à venir.

Stessy est au bord des larmes. Mais elle ne doit pas pleurer. Pas maintenant. Pas tant qu'il reste une chance de sauver Alex.

Elle attrape les mains de Mélanie, les caresse de ses pouces. Elle voudrait prendre du temps pour la consoler. Mais l'urgence est ailleurs. Elle s'agenouille devant elle, fixe son visage en partie dissimulé par ses cheveux emmêlés.

Lui parler maintenant ne risque-t-il pas de la braquer ?

Stessy hésite. Elle sait qu'elle n'aura pas droit à une seconde chance. Un mot de travers et Mélanie risque de se fermer, pire, de la mettre dehors.

– Je suis désolée de ce qui est arrivé à Matthieu, commence-t-elle.

Elle sent les mains de Mélanie se crisper dans les siennes. Celle-ci relève son visage.

Stessy accroche son regard et ne le lâche plus quand il se noie une nouvelle fois de larmes.

– Tu sais, Alex est un gars bien. Jamais il ne se battrait avec quelqu'un, jamais il ne ferait du mal à quiconque. Il est juste. Bon. Passionné. J'ai vu comment il fonctionne avec les gamins qu'il entraîne. Il les valorise, leur donne confiance pour qu'ils sortent le meilleur d'eux-mêmes. Jamais il n'a utilisé la violence, ni même les brimades, pour les motiver. Non. Juste leur donner confiance en eux. Et les accompagner, dans une attitude toujours bienveillante.

Mélanie se tient immobile. Stessy ne sait pas si elle l'écoute, encore moins si elle entend ses propos.

– Puisque son gant a été retrouvé à proximité du corps de Matthieu, poursuit-elle, c'est qu'ils se sont vus, et qu'ils ont discuté. Je ne sais pas ce qui a pu se passer ensuite, mais je suis convaincue qu'Alex n'est pour rien dans ce qui est arrivé à ton compagnon.

Il donnerait sa vie pour sauver quelqu'un. Je peux te le jurer.

Des larmes coulent sur les joues de Mélanie, qui se perdent dans son cou.

– Il reste une chance de sauver Alex et de connaître la vérité.

Mélanie bat plusieurs fois des paupières, semble revenir à la réalité, alors Stessy en profite.

– Je suis comme toi. Je veux savoir ce qui s'est vraiment passé cette nuit. C'est bien cela que tu veux ?

D'un mouvement las de la tête, Mélanie acquiesce.

– Paul et Denis t'ont parlé de leur accident de voiture ?

Mélanie fronce les sourcils, affiche son incompréhension.

– L'aile du 4 × 4 est enfoncée, insiste Stessy. Et c'est sans doute arrivé cette nuit.

Elle redoute que Mélanie lui demande quel rapport cela peut avoir avec la mort de Matthieu. Car elle ne saurait quoi lui répondre. Et un pressentiment ne se partage pas. Une conviction, si profonde soit-elle, n'est pas une preuve et ne peut convaincre celui ou celle qui ne la ressent pas avec la même force.

Stessy se dit que cet accident n'est pas dû au hasard, ou bien à la neige qui a rendu le sol glissant. Elle y voit la nervosité du conducteur quand il est survenu.

– Tu crois que…

– Je ne crois rien, tempère Stessy, même si dans sa tête de nombreuses hypothèses se bousculent maintenant.

Paul et Denis ont-ils surpris Matthieu alors qu'Alex tentait de le convaincre d'abandonner ? Se sont-ils battus avec Matthieu qui exigeait des comptes suite à l'intervention d'Alex et sur le produit qu'il avait pris ? Une bagarre qui aurait conduit Alex à fuir ou se cacher ? Ou bien s'en sont-ils pris à lui ?

Gagnés par la panique ou un instant de folie, Paul et Denis se sont-ils transformés en meurtriers, puis ont-ils maquillé leur crime ? La peur de tout perdre peut-elle conduire à de telles extrémités ? Elle doit admettre que oui. Le souvenir de Menello[1] se met à brûler au creux de son ventre.

– Je dois fouiller leur chambre, annonce-t-elle. C'est l'heure du petit-déjeuner. Demande-leur de t'accompagner. Dis-leur que tu ne veux pas rester seule.

– Ils…

– Je ne sais pas, Mélanie. Je suis la première à espérer qu'ils n'ont rien à voir avec tout ça.

Elle est sincère.

– Je dois en avoir le cœur net. Ils m'ont accusée, tout comme Alex, auprès des gendarmes. Peut-être ont-ils quelque chose à se reprocher.

1. Lire *Foulée d'enfer*.

Et je veux savoir quoi. C'est ma seule chance de sauver Alex.

Son ton est celui de la supplique. Des larmes coulent sur ses joues sans qu'elle les sente.

Mélanie ouvre la bouche puis la referme, baisse ses paupières et les rouvre.

– D'accord, dit-elle simplement.

29

Les Iris – 5e ravitaillement – 08 h 10 – 2e jour

Qu'est-ce que je fais là ?

Stessy a franchi le seuil de cette chambre. Celle de Denis. L'autre ? Paul l'a fermée à clé en descendant petit-déjeuner. Le plancher de l'hôtel vieillot craque et grince sous ses pieds. Elle est en train de faire une chose qu'elle n'aurait jamais cru devoir faire. Fouiller. Sans le consentement de l'occupant des lieux. Comme un cambrioleur. Ça la dégoûte.

Puis la raison pour laquelle elle se trouve ici l'envahit. Alex.

Ses gestes tremblants prennent vite de l'assurance. Elle ne dispose que de quelques minutes. Cela sera suffisant tant la chambre est petite. Outre le lit, le chevet et une penderie vide, il y a une minuscule salle de bains dont le sol est trempé.

Après la salle de bains où elle ne trouve rien qui puisse attester…

Quoi ? Elle ne sait pas. Ce constat la panique et ses mains recommencent à trembler.

Elle retourne dans la chambre, ouvre le tiroir du chevet. Vide. Elle soulève le matelas, tire les draps, les remet pêle-mêle comme elle les a trouvés. À part la doudoune, aucun vêtement ne traîne sur la chaise. Stessy en inspecte chacune des poches. Une clé de voiture, sur laquelle elle reconnaît le logo de la marque du 4 × 4. À regret, elle doit la remettre et renoncer à fouiller le véhicule. Ce serait trop risqué. Une carte bancaire. Deux bonbons à la menthe. Un peu de monnaie. Un paquet de mouchoirs jetables. Une paire de gants.

Elle les regarde un instant, se demande s'ils sont entrés en contact avec un des disparus, les respire, inspire à fond comme si elle pouvait percevoir l'odeur de la violence, ou celle d'Alex. Rien de tel n'arrive.

Après avoir reposé la doudoune, elle suspend ses gestes pour écouter. Si Denis remontait, elle ne s'en rendrait compte qu'au moment où il tournerait la poignée de la porte. Il n'y a aucun endroit où se cacher, aucun moyen de fuir.

Que pourra-t-elle dire alors ? Qu'elle s'est trompée de chambre ?

Cette perspective la terrifie mais elle n'a pas le choix, aussi elle continue.

Reste le sac de voyage. Cuir noir. De forme allongée. Il ressemble plus à celui d'un jet-setter courant d'un aéroport privé à un autre qu'à celui d'un sportif amoureux de la nature.

Elle attrape les anses, soulève le sac pour le poser sur le lit. Il paraît lourd. Doit-elle le retourner et en vider le contenu ?

Elle y plonge ses mains, confie à ses doigts une première mission de reconnaissance. Des images se forment dans son cerveau. Un livre, des vêtements aux touchers différents, une paire de baskets, des barres chocolatées, un ordinateur portable, qu'elle extirpe.

Elle relève l'écran, cherche la touche de démarrage, la presse. En une fraction de seconde, l'écran s'allume. Une barre de progression s'affiche, qui bleuit à mesure que la machine s'initialise. Et c'est la déception. Une fenêtre s'est ouverte, demandant un mot de passe. Sans y croire, Stessy tente sa chance. Le numéro de dossard de Matthieu ? « Mot de passe invalide », crache l'ordinateur dans un rouge agressif. Elle saisit un code au hasard, puis un autre.

C'est idiot et inutile. Elle perd un temps précieux, aussi elle repart explorer le contenu du sac. Elle sort le livre. Un guide de voyage sur le Colorado. Certainement le lieu d'un des prochains ultra-trails. De son pouce, elle fait défiler les pages, ne trouve qu'un marque-page publicitaire pour une compagnie aérienne.

Dans la poche de côté, il y a un dossier plastifié. À l'intérieur, des documents sont glissés dans des vues transparentes. Le Voucher de l'hôtel. Un plan d'accès. Les temps de passage prévus par Matthieu.

Elle abandonne le sac, se met à genoux pour inspecter sous le lit. Face à la valise de transport du drone, elle sent son pouls s'accélérer brutalement. Le cœur battant, elle la tire à elle et l'ouvre. Elle est vide. L'image qui surgit alors dans sa tête emporte sa déception. Comment n'y a-t-elle pas pensé plus tôt ?

Elle se remémore Alex se moquant de ces coureurs qui filment chacun de leurs gestes et se transforment en pied de caméra, passant à côté du plaisir de la course.

Elle revoit la Go Pro fixée sur le bonnet de Matthieu. L'œil de la caméra a tout vu, tout entendu, tout enregistré. Il existe donc, quelque part, des images qui témoigneront de ce qui s'est réellement passé. Les yeux brouillés par les larmes, Stessy referme la valise qu'elle repousse à l'endroit même où elle l'a trouvée.

Une fois sur le palier, elle prend une longue inspiration. Elle a l'impression de remonter d'une plongée en apnée. Sans attendre, elle dévale l'escalier, accélère au moment de passer devant la salle de petit-déjeuner. Du coin de l'œil, elle aperçoit Mélanie, de dos. Face à elle

Paul. Denis, quant à lui, est en train de se resservir un café au buffet tout au fond.

Une fois dehors, elle s'approche du 4 × 4, regarde à l'intérieur par les différentes fenêtres pour tenter d'identifier la Go Pro. Le drone ne s'y trouve pas non plus.

Alors elle court à la gendarmerie.

30

Quelque part dans la montagne

Depuis qu'Alex rampe, il n'a pas revu le moindre bout de ciel. Encore moins de paysage. Dès que la pente est plus forte, il se laisse glisser, s'accroche comme il le peut pour éviter de prendre trop de vitesse et terminer sa course dans un ravin. Des rochers affleurent sous la mince couche de neige, qui râpent son ventre, maltraitent sa jambe. Alors il grimace et serre les dents. Le bout des doigts de sa main sans gant n'est plus qu'engelures.

Quelle distance a-t-il parcourue ?

Il a l'impression de n'être plus qu'un oisillon sans défense, tombé du nid dans un environnement hostile. Un petit être malingre qui sent que le pire va lui arriver mais qui, poussé par un instinct hérité d'aïeux ayant vécu des millions d'années plus tôt, va se battre jusqu'au bout pour ne pas mourir. L'instant d'après, Alex ne sait plus s'il est un rapace ou bien un reptile. Un serpent, ou bien une salamandre.

Il se souvient d'en avoir vu, petit, avec sa mère, lors de…

Puis c'est le vide dans sa tête. Le souvenir vient de se perdre dans la brume.

À côté de lui se tient un chien, qui tire une langue immense et baveuse. Alex a peur qu'il le dévore. Les chiens aiment-ils les salamandres ? Il rassemble ses forces et pousse un grognement inaudible qui effraye l'animal. L'instant d'après, il déploie ses ailes et s'enfuit. N'aurait-il pas dû lui demander de l'aide ? Puis il se retrouve seul, dans la neige, abandonné par ses délires.

Alex ne sait plus. Ses pensées sont de plus en plus difficiles à attraper et, quand il parvient à en saisir une, il ne la comprend pas. Aussi il se concentre sur le plus simple. Avancer. Continuer à avancer. Rien d'autre ne doit compter. Un. Puis un. Puis… Ses forces s'effilochent. Et tout lui semble vain.

Il voudrait lire une dernière fois la fierté dans le regard de Stessy. Il pense à elle, affiche mentalement un gros plan de son visage. Son image le réconforte et écarte la peur. Contrairement aux autres, elle ne fuit pas. Il ferme les yeux, rassemble ses idées, tente d'en façonner une. Il doit lui laisser un message. Comment ?

Ses doigts maladroits tentent d'inscrire des signes dans la neige, mais il tremble tellement que cela ne ressemble à rien. Il ne sait pas ce qu'il veut dire. Et les chutes de neige, ou bien la fonte, vont tout effacer avant même qu'on le retrouve.

Il s'apprête à abandonner quand il repense à la caméra récupérée sur… il ne sait plus son prénom. Le mort, pense-t-il. *Mon frère*, ajoute-t-il. Puis une voix lui souffle que c'est la solution.

« Enregistre-lui un message », lui dicte-t-elle.

Oui, il va lui parler, laisser quelques mots. Une sorte de testament. Une dernière confidence. Qu'elle sache qu'il l'aime, qu'il a lutté jusqu'au bout. Un. Puis un. Et encore un.

Avec difficulté, il glisse sa main dans son dos pour attraper le sac. Il palpe, ne le trouve pas. Mais, à travers le gant, il ne sent rien. Alors il ramène sa main devant son visage, mord le gant et tire de toutes ses forces pour la dégager. Dès qu'elle entre en contact avec l'air, il ressent la morsure du froid, se réjouit de constater que sa main est toujours vivante. Plus vivante que le reste de son corps. C'est sur elle qu'il reporte tous ses espoirs.

Il n'entend plus le froissement de la couverture de survie, seulement sa respiration et les coups de son cœur dans ses tempes. Plus rien d'autre n'existe. En basculant sur le côté, il parvient plus facilement à ramener sa main dans son dos. Le corps qu'elle touche lui paraît soudain étranger. Il l'a quitté et ne pourra jamais plus le réintégrer. Sa plainte meurt dans la neige où est enfoncé son visage.

Sa main cherche, palpe, tâte, lui renvoie des contours flous. Ses doigts ne rencontrent aucun objet. Il s'efforce de convoquer ses souvenirs, tente de visualiser le moment où il a glissé la caméra dans son sac à dos. Oui, c'est bien là qu'il l'a rangée. Il n'a aucun doute. Mais il a beau chercher…

De plus en plus inquiet, il roule sur le dos. Rien. Aucune grosseur ne vient gêner son mouvement. Il a peut-être glissé la caméra dans sa poche ? Il tire sur sa veste, bascule de nouveau sur le côté. Il découvre des lambeaux. Sa poche a été arrachée. Un vaste trou a remplacé la fermeture Éclair.

L'autre poche n'est plus qu'une guenille d'où s'échappe la couverture de survie en charpie. Il ramène son poing serré au-dessus de ses yeux, d'où s'échappent des bandelettes or et argent. Lentement il ouvre ses doigts, regarde le vent emmener ce qui pourrait être de magnifiques confettis si le soleil daignait se montrer et poser ses rayons sur leur surface brillante.

Il garde son poing levé, colle tout contre son autre poing insensible. Les voir identiques le rassure.

Puis il se rappelle son sac, ou plutôt son absence. Où et quand l'a-t-il perdu ? Il ne s'est rendu compte de rien. Ce constat le jette dans un profond et douloureux abattement. Il ne pourra pas laisser un ultime message à Stessy. Aussi il s'efforce de sourire, avec l'espoir que le froid fige son visage dans cette expression. Il veut mourir vivant. Pour Stessy. Puis il ferme les yeux, expire à fond pour aider les dernières parcelles de chaleur contenues dans son corps à s'échapper.

Une. Puis une. Et encore… une.

31

Les Iris – 5e ravitaillement – 09 h 25 – 2e jour

– La Go Pro a sans doute tout filmé, lance-t-elle au gendarme, avec l'assurance de disculper ainsi Alex de tout soupçon.

Il la regarde sans rien dire. Mais elle voit, une fraction de seconde, une esquisse de sourire étirer ses lèvres. Il ressemble au chasseur qui découvre une trace d'empreintes le mettant sur la piste de sa proie. Puis il se ressaisit, contient son enthousiasme et affiche une mine grave.

– Aucune caméra ne se trouvait sur le corps de Matthieu Rochkurt quand les secours l'ont découvert. Le rapport en aurait fait mention. Mais il faisait nuit et les conditions météo étaient mauvaises, ajoute-t-il, comme s'il voulait justifier un oubli de ses collègues.

Stessy sent l'espoir regagner du terrain.

Le gendarme se penche en avant, la fixe droit dans les yeux.

– Vous êtes certaine qu'il portait une Go Pro ?

– Certaine ! se précipite-t-elle. Ils faisaient un tournage. Ils utilisaient même un drone.

Sans un mot, le gendarme se lève, se rend dans le bureau voisin, revient quelques minutes plus tard.

– Venez, l'invite-t-il.

En passant devant lui, elle l'interroge du regard.

– On va renvoyer une équipe là-haut. Une autre va interroger l'entraîneur et le pilote de l'engin. Tous les rushs doivent être étudiés.

Mais tout cela prendra du temps, alors qu'Alex est toujours en danger. Un long frisson la parcourt.

– Vous savez, on a retrouvé des disparus après plusieurs jours en montagne. S'il a pu trouver un refuge, il ne risque pas grand-chose.

– Et dans le cas contraire ? hasarde-t-elle.

Le gendarme pose une main sur son épaule.

– Tout est mis en œuvre pour récupérer votre compagnon, affirme-t-il avec force. L'hélicoptère reprendra ses recherches dès que la météo le permettra. Et peut-être que les images de la caméra nous donneront une piste.

Le gendarme installe Stessy dans une petite cuisine triste, où il lui propose une boisson chaude. Il lui tend une tasse, s'excuse de la laisser seule. Partagée entre espoir et découragement, Stessy s'assoit sur un tabouret face à la fenêtre, avale des petites gorgées du café fumant, dont les volutes doublent les bandelettes de brume qui courent au gré du vent le long des pentes.

Une fois son café terminé, elle appelle son frère. Elle veut échapper, ne serait-ce que quelques minutes, à cette attente solitaire insupportable. Elle lève les yeux vers le ciel, maudit ces montagnes qui accrochent les nuages et les bloquent. Ces montagnes qui l'étouffent aussi. Ces montagnes qui détiennent Alex et le gardent pour elles. Pour elles seules.

Stessy se dit qu'elle ne veut pas passer sa vie à se fracasser contre l'absence d'Alex, quand Omar décroche.

– Des nouvelles d'Alex ? la presse-t-il.

Elle lui raconte, livre tous les détails, même ceux qu'elle avait sciemment omis lors de leur dernière conversation.

Omar se mure dans le silence. Il doit se sentir coupable de ne rien pouvoir faire, d'être bloqué à plusieurs centaines de kilomètres de là, de ne pas savoir trouver les mots pour la réconforter. Elle connaît son frère. Pourtant, elle ne peut s'empêcher de lui en vouloir un peu. Elle se sent si seule, presque abandonnée.

– Appelle-moi dès que tu as du nouveau, dit-il d'une voix morne avant de raccrocher.

Stessy se lève, ravale ses larmes. Elle pourrait appeler ses amis, mais elle n'a pas envie de les entendre s'apitoyer sur son sort. Alors elle se concentre sur son corps, traque la moindre sensation. Elle est convaincue que s'il arrivait malheur à Alex, elle le ressentirait. Elle ne détecte rien, et se demande si elle doit s'en réjouir. Le doute est le plus fort.

Quand le gendarme pénètre de nouveau dans la pièce, elle est toujours en train de lutter contre ses peurs.

– On a interrogé Paul Duhill et Denis Fortan. Ils ont été confus et nous ont fourni des informations contradictoires. Le juge a décidé de les placer en garde à vue. De nombreux points doivent être éclaircis. La bonne nouvelle, c'est que le drone contient une balise GPS, qui va nous permettre de le localiser.

Comme elle ne réagit pas, il poursuit :

– Certains drones en sont équipés en cas de perte.

– Et Mélanie ? demande-t-elle.

– Aucun soupçon ne pèse sur elle.

Stessy secoue doucement la tête, dit au gendarme qu'elle préfère attendre à l'hôtel. Elle imagine l'entraîneur et le pilote du drone tête baissée dans une pièce voisine, arborant la mine des coupables. Aux insultes qu'elle a subies, elle doit ajouter les mensonges.

Dehors, le ciel d'un gris uniforme ressemble à une chape immobile que le vent ne parvient pas à repousser.

Quand Stessy passe à proximité de la salle des fêtes, elle perçoit des bribes de musique qui s'en échappent. Elle ne peut se retenir d'approcher. Elle a besoin de voir crépiter des étincelles de vie pour nourrir son espoir. Elle s'arrête sur le seuil, découvre des buffets dévastés, derrière lesquels s'affairent des bénévoles épuisés, déçus que la fête ait tourné court. À cette heure, les coureurs de tête auraient dû approcher la ligne d'arrivée. Mais la course a été stoppée.

Elle regagne l'hôtel, hésite à rester dehors pour garder un œil sur le ciel, ou bien monter s'enfermer dans sa chambre. S'éloigner ? Il n'en est pas question. C'est ici que viendront les gendarmes dès qu'ils auront du nouveau.

Elle s'assoit sur les marches extérieures, face à la montagne, au plus près d'Alex.

Quand l'église du village sonne midi, elle n'a rien appris.

Elle a seulement croisé Mélanie qui quittait l'hôtel, entourée d'un couple effondré. Les parents de Matthieu, ou peut-être les siens.

– Ils ont descendu son corps à la morgue. Nous y allons.

Tandis que l'homme et la femme restaient en retrait, Stessy l'a serrée dans ses bras, a déposé un baiser sur sa joue humide de larmes.

– Bon courage. Et… merci.

Mélanie s'est éloignée sans un mot ni même un regard.

Savoir que le corps de Matthieu n'est plus au village rassure Stessy. C'est un peu comme si la mort s'éloignait.

Un peu après 15 h 00, Stessy voit le fourgon de gendarmerie remonter la rue principale en direction de l'hôtel. Elle se lève. Ses épaules tressaillent. Ses genoux menacent de flancher.

Elle a envie de leur crier de faire demi-tour, de garder pour eux leur sinistre nouvelle. L'instant d'après, elle se reprend. Peut-être vont-ils lever toutes ses peurs ? Elle voudrait suspendre le temps. Le fourgon avance inexorablement vers elle. Elle guette les visages des gendarmes, mais le reflet sur le pare-brise l'empêche de les distinguer. Elle ne voit que le ciel encombré. Du coup, le nœud à son estomac se serre plus fort. Elle manque d'air, étouffe.

Face à elle arrive son destin. De quel côté va pencher la balance ? Les gendarmes savent. Elle pas encore. Et elle ne peut plus rien faire.

Elle sait que son sort est scellé. Il est trop tard pour crier. Trop tard pour implorer. Trop tard pour espérer. Trop tard pour regretter.

Le fourgon se range le long du trottoir. Deux gendarmes sortent par la porte de côté et s'engouffrent dans l'hôtel.

Stessy s'apprête à les interpeller quand le conducteur descend à son tour. C'est le jeune gendarme qui l'a reçue le matin même.

– On a retrouvé le drone et la caméra, lui annonce-t-il alors qu'il est encore à une dizaine de mètres d'elle. Son contenu est en cours d'exploitation, mais les premiers résultats disculpent votre ami.

– Vous l'avez vu ? s'emballe Stessy.

– Les images montrent que Matthieu Rochkurt et son entraîneur ont eu une altercation, qu'Alexandre a été pris à partie, qu'il a réussi à fuir et que le quatrième individu ne s'est pas interposé.

Stessy attend la suite, note que le gendarme n'utilise plus le nom de famille d'Alex et sent soudain voler en éclats la barrière glaciale dressée par l'administration.

– Ensuite, Matthieu Rochkurt a chuté. Une chute terrible, à laquelle il n'a pas survécu. Quelques minutes plus tard, on aperçoit une silhouette se pencher sur le corps sans vie. Puis une main qui prend la caméra. La suite n'est que sons diffus. On perçoit le bruit d'une chute. Un cri.

Stessy se raidit, refuse d'imaginer qu'Alex ait subi le même sort que Matthieu. Des centaines d'images défilent dans sa tête, comme un diaporama qui fixerait pour l'éternité les bons moments partagés.

– Il n'y avait personne à proximité de la caméra. Cela atteste que votre compagnon est en vie. Des équipes ratissent le secteur. Il est certainement en vie. Égaré.

Stessy voudrait le presser de questions mais, d'un geste de la main, il indique le fourgon, esquisse un pas vers l'arrière.

– Je dois retourner à la gendarmerie, s'excuse-t-il avec un sourire maladroit qui lui permet de masquer son embarras.

De nouveau le silence, et la sensation d'abandon. Elle se rassoit sur le parapet dominant le torrent qui bruisse en contrebas, quand les feux stop du véhicule de gendarmerie éclaboussent la brume de leur couleur rouge. Le phare blanc de recul s'allume à son tour et le moteur pousse un rugissement aigu.

Stessy se redresse. Son corps tout entier s'apprête à hurler. Les pulsations de son cœur emportent sa raison. Il n'y a plus que ce flash blanc qui fond sur elle et l'agresse, porteur d'une réalité terrible qui menace de faire basculer sa vie.

Puis le rouge prend le relais, figeant l'instant.

Le gendarme jaillit du fourgon.

Stessy le regarde. La peur lui cisaille les jambes. Elle s'en veut d'attendre ainsi, bras ballants, le long du corps, presque résignée.

– Ils l'ont retrouvé ! Je viens de recevoir un appel ! Il est vivant ! Alexandre est vivant !

ÉPILOGUE

Six mois plus tard

– Tu as peur ? lui hurle Alex dans un demi-sourire.

Stessy se contente de hocher la tête, tant les vibrations du moteur et de la carlingue sont assourdissantes. Engoncée dans sa combinaison, elle n'en mène pas large. Oui, elle ressent de la peur. Mais pas celle qui paralyse et brouille les perceptions. Celle qui bouillonne en elle pulse une énergie débordante, que ses vaisseaux sanguins semblent acheminer vers chaque cellule de son corps. Même les plus éloignées de son cœur. Rien à voir avec cette peur qu'elle a ressentie quand la montagne détenait Alex et la condamnait à attendre, impuissante.

Alex, lui, est convaincu que c'est grâce à elle que les secours l'ont retrouvé.

– Sans toi, j'aurais fini congelé, dit-il pour éviter d'avoir à utiliser le terme de mort.

C'est sa manière d'éloigner la douleur liée aux disparitions de Matthieu et de sa mère. Eux sont morts. Et Alex déteste ce qui est définitif.

– Cinq minutes ! annonce l'instructeur.

Stessy reporte son regard sur Omar, qui s'est réfugié dans le silence. Depuis le décollage, il garde les yeux fermés. Elle sait qu'il n'est pas rassuré. Elle sait aussi qu'il a vu dans ce saut en parachute l'occasion d'expulser la rage qui le hante encore, malgré les années écoulées depuis son accident.

Se jeter dans le vide. Un acte qui les dépasse un peu. Non pas pour clore un chapitre, mais pour en ouvrir un autre. Voilà ce qu'ils s'apprêtent à accomplir.

Oui, c'est cela qu'ils sont tous les trois venus chercher.

Stessy pense à sa mère : de là où elle est, elle les verra. Elle imagine le sourire tendre et satisfait qui se dessinera sur sa bouche quand Omar sautera.

Alors que les employés du cimetière refermaient la tombe de leur mère, Stessy et Omar s'étaient mis à l'écart, en retrait de la famille, puis s'étaient serrés fort dans les bras l'un de l'autre. Depuis quand n'avaient-ils pas accompli ce geste ? Certainement leur plus tendre enfance.

Ils n'avaient pas échangé un seul mot. Stessy s'était contentée de sentir son odeur, de profiter de la chaleur de son corps, avec l'impression de le redécouvrir. Elle s'était dit que l'absence d'Alex, en soins intensifs à l'hôpital, était sans doute une bonne chose. Se seraient-ils retrouvés ainsi en sa présence ?

Non, avait-elle conclu.

Bien sûr, avoir Alex à ses côtés dans de telles circonstances aurait été d'un grand soutien, mais ces retrouvailles avec son frère étaient inespérées.

Main dans la main, ils avaient quitté le cimetière. Sans un mot, avec tant d'émotion partagée.

Les semaines suivantes, ils s'étaient appelés chaque jour, quand ils ne se voyaient pas au chevet d'Alex à l'hôpital. Stessy soupçonne d'ailleurs ce dernier d'avoir plusieurs fois fait semblant de dormir pour leur laisser du temps rien qu'à eux. Bien sûr, elle et Omar commentaient les progrès d'Alex, sa volonté farouche de déjouer les pronostics des médecins, son entêtement à récupérer plus vite que prévu. Mais, au-delà, ils se livraient l'un à l'autre, forçant le barrage des mots.

Omar avait partagé avec elle sa difficulté à affronter le regard des autres sur sa démarche claudicante, sa sensation de n'être que celui qu'on plaint, ou que l'on juge inférieur. Elle lui avait parlé de la blessure infligée par l'insulte raciste de l'entraîneur. Puis ils s'étaient moqués d'eux-mêmes, de leurs névroses, de leur difficulté à évacuer les jugements des autres. Facile à dire, avaient-ils conclu avant de réaliser qu'à deux, ils y parviendraient sans doute mieux.

– Quatre minutes !

L'instructeur tire la porte latérale de l'avion, qui s'ouvre sur un spectacle grandiose : la Terre, parsemée de fins découpages et d'installations microscopiques avec, au loin, l'immensité mouvante de l'océan à peine troublée par endroits de fins rubans d'écume.

C'est de ce côté que Stessy regardera quand elle plongera dans le vide. Déjà dans sa chute, elle inspire à fond l'air glacé, serre la main d'Alex, se dit que son cœur ne s'emballe pas uniquement à cause de la peur du vide.

Alex est heureux et fier de ce qu'ils vont partager. Il a lancé l'idée du saut en parachute alors qu'il venait de recevoir la notification de sa suspension d'un an par la Fédération française de course à pied. Un an, pour avoir triché sur son âge. Il ne s'en tire pas mal, car les six premiers mois ont été consacrés à sa convalescence et à la rééducation. Pour les six mois restants, Omar lui a conseillé de s'inscrire à la Fédération française de course d'orientation.

Ce qu'il fera dès demain pour renouer avec le challenge, le dépassement et les émotions de la course.

Il passe une main sur sa jambe, caresse cette douleur qu'il a appris à apprivoiser.

Trois opérations ont été nécessaires pour reconstituer le puzzle de sa jambe. Les chirurgiens ont vissé des plaques sur ses os. Ils n'aimeraient certainement pas le savoir dans cette carlingue, à quelques minutes de sauter dans le vide.

Sur les murs de sa chambre d'hôpital, Stessy avait accroché des photos de désert et d'océan pour éloigner le souvenir de la montagne qui avait failli l'emporter. Si c'était si simple… Combien de fois s'est-il réveillé haletant, les mains agrippées à ses draps comme à des touffes d'herbe, des rochers ou des racines, pour éviter de dévisser dans une pente abrupte ! Sans doute hurlait-il aussi dans son cauchemar puisque, inquiète, une infirmière débarquait systématiquement dans sa chambre, s'approchait en murmurant « Ça va aller », comme elle l'aurait fait avec un gamin. Elle lui proposait un somnifère, qu'il refusait toujours.

Dans les moments de découragement il envoyait un texto à Stessy pour lui demander de ne pas venir. Il refusait qu'elle le voie pataugeant dans le marécage de sa douleur et de ses doutes. Elle venait quand même, et il était heureux.

Aujourd'hui sa jambe va mieux, mais le combat de la rééducation n'est pas terminé. Les séances s'enchaînent, et dureront des mois. Une. Plus une. Et encore une.

Il a eu la chance de tomber sur une équipe de jeunes kinés qui, au-delà du patient, ont vu en lui un copain. Alors ils ont bossé et ri. Ri, et bossé.

Alex a passé du temps devant la glace à guetter au fil des semaines les progrès. Si sa jambe n'est pas redevenue celle d'un sportif, elle a repris un aspect acceptable.

Quant à sa main, il avait récupéré très vite. Le froid ne l'avait pas atteint profondément.

Quand il se penche pour embrasser Stessy, le choc de leurs casques leur tire un éclat de rire qu'ils ont du mal à arrêter, tant la nervosité du top départ approche.

– Bientôt vous allez moins faire les malins, leur crie Omar tout près de l'ouverture.

– Trois minutes ! annonce l'instructeur avec trois doigts dressés, avant de vérifier les harnais et l'ancrage de chaque sangle.

Les rires cessent.

Alex a hâte de sauter, hâte de cette rencontre entre ce que la nature a de plus pur et lui-même. Là il n'y aura plus d'artifice, plus de combat à mener, puisqu'une fois dans le vide, il ne sera plus question de ralentir, encore moins de s'arrêter ou même d'abandonner. Simplement la sensation de l'instant.

Il pense à Matthieu, se dit que lui aussi aurait sans doute aimé vivre de tels moments. Dans les semaines qui ont suivi sa disparition, il sait que Stessy a tenu à garder le contact avec Mélanie mais, très vite, cette dernière lui a dit que ses appels lui faisaient plus de mal que de bien. Alors elle a cessé de lui téléphoner.

Quant à l'entraîneur et au pilote du drone, il a eu de leurs nouvelles par l'intermédiaire de son avocat. Le premier, Paul Duhill, n'a pas exprimé le moindre regret, se retranchant derrière le facile « C'était un accident ». Le juge chargé de l'affaire n'a pas apprécié car, contrairement à Denis Fortan qui a été remis en liberté sous contrôle judiciaire en attendant le procès, l'autre a été placé en détention provisoire.

– Deux minutes !

L'instructeur leur fait signe d'ajuster leurs lunettes. Les moniteurs s'approchent, s'accrochent derrière eux pour le saut en binôme. Celui qui va guider Alex lui rappelle les consignes.

– Je me charge d'assurer ta stabilité et d'ouvrir le parachute. Alors profite ! Et oublie tout le reste.

– Une minute !

Ils vont se jeter dans le vide à 4000 mètres d'altitude, filer à plus de 200 kilomètres-heure pour cinquante secondes de chute libre. Cinquante secondes où ils oublieront qu'ils sont des Terriens.

Puis c'est le signal.

Stessy bascule dans le vide. Vient le tour d'Omar. Et enfin le sien.

Alex ne peut s'empêcher de hurler de bonheur.

REMERCIEMENTS

Merci à Olivier Cazalet pour ses récits d'ultra-trail, son partage d'expérience et de vécu, ses remarques techniques et sa relecture du texte.

La chanson *Cleanin'out my closet* d'Eminem
m'a accompagné en boucle
tout au long de l'écriture de ce roman.

Retrouvez Alex,
Stessy et Omar dans

Foulée d'enfer

Alex s'inquiète des dérives de son père impliqué dans la milice de quartier dirigée par l'obscur Menello.

Quand Omar, le coach d'Alex, est accusé par la police, il tente tout pour le disculper…

Sept ans plus tard

Lors d'une réunion d'anciens élèves, rivalités et inimitiés surgissent. Anthony, qui se vante d'être un caïd, semble bien décidé à gâcher la fête...

En grand format

Demain il sera trop tard

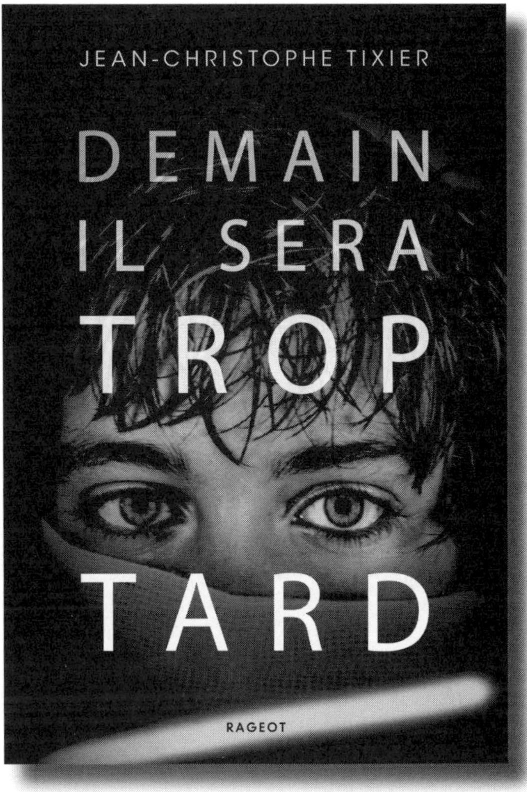

Que feriez-vous si vous connaissiez l'heure, terriblement proche, de votre mort ?

La Traversée

Jeune Africain, Sam voyage à bord d'un bateau de migrants : destination l'Europe. Pour tout bagage, lui et ses compagnons emportent des souvenirs des visages de leurs proches, une médaille offerte par une petite sœur ou un gri-gri.

Partir.

Construire un ailleurs. Tous en ont rêvé.

Ils tentent d'y croire encore, tandis que la mer grossit.

Soudain, la tempête éclate...

Traqués sur la lande

Août 1934, Belle-Île-en-Mer. Au bagne d'adolescents, un surveillant frappe trop fort... L'émeute éclate. Une centaine de garçons réussissent à fuir et gagnent la lande. Gab les yeux gris, le Râleur et quelques autres tentent de trouver un abri sûr pour échapper à la traque. Mais où chercher de l'aide ? Bientôt Gab croise la route d'Aël, qui connaît le coin comme sa poche et tente aussi d'échapper au destin que l'on a tracé pour elle...

Avec Manon Fargetton

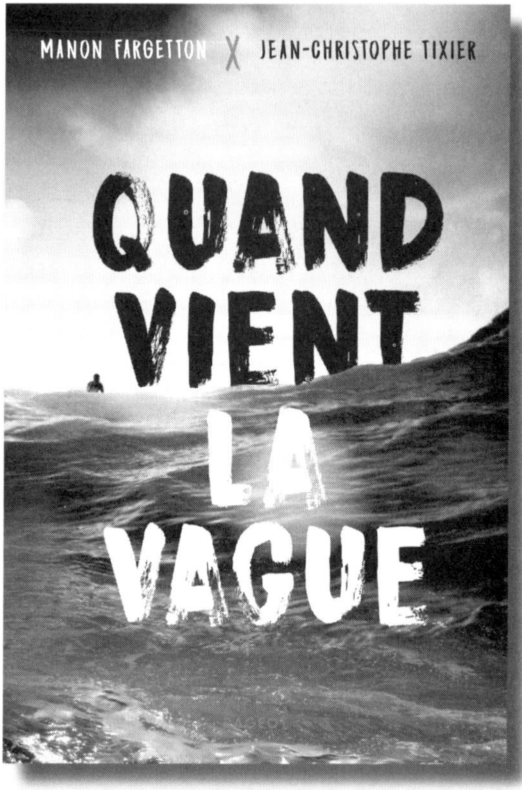

Parfois, il est nécessaire de commettre l'irréparable pour pouvoir continuer à vivre…

L'AUTEUR

Jean-Christophe Tixier est né en 1967.
Il a écrit une vingtaine de romans jeunesse dans des genres et pour des âges différents.
Il est aussi l'auteur de nouvelles, de fictions radiophoniques qui ont été diffusées sur France-Inter, et porte des projets de romans et de BD adultes. Il partage son temps entre l'écriture, les voyages, l'organisation à Pau d'un salon dédié aux littératures du noir, *Un aller-retour dans le noir*.
Vous pouvez en apprendre davantage sur son site : jeanchristophetixier.fr
ou bien le retrouver sur

Retrouvez toutes nos nouveautés

sur **www.rageot.fr**

Cet ouvrage a été mis en pages
par IGS-CP à l'Isle-d'Espagnac

PAPIER À BASE DE FIBRES CERTIFIÉES

RAGEOT s'engage pour l'environnement en réduisant l'empreinte carbone de ses livres. Celle de cet exemplaire est de :
600 g éq. CO_2
Rendez-vous sur www.rageot-durable.fr

Achevé d'imprimer en France en juillet 2018
par Normandie Roto Impression s.a.s., Lonrai
Couverture imprimée par Boutaux
(Le-Theil-sur-Huisne)
Dépôt légal : septembre 2018
N° d'édition : 5846 - 01
N° d'impression : 1802547